エッセイ集

# 風青し

高柳和子

創英社／三省堂書店

風　青し

目次

◆風　青し　9
◆じぃじは自転車に乗って　13
◆桜桃の実るころ　16
◆藤の花咲く　22
◆おはぎ餅をつくる　30
◆友ありき　36
◆ところ変われば　42
◆大津まで　49
◆村へ来る人　58

◆海山のあわいの町、外海《そとめ》にて　67
◆お正月　81
◆泥に祈る人々　87
◆鬼舞《おにまい》の里　93
◆子安《こやす》の石　102
◆鯉捕り・まあしゃん　109
◆庭の情景　117
◆嗚呼《ああ》　さつま芋　126
◆昭和の町　131

# 風　青し

# ◆風　青し

五月初め、新京成線・常盤平駅前からタクシーで帰るときのことだった。通りすがりにふと目に入った寺の堂宇。湧きあがるような木々の新緑に覆われて、わずかに屋根が覗いている。参道の脇の石柱に見えた「祖光《そこう》」の文字に、私ははっと思い当った。ここはあのときのお寺だ！　と。

一年前に柏市に越してきて何度か通った道であるが、ついぞ気づくことがなかったのだ。平成五年のちょうど今頃、たしか祖光院と言ったこの寺を、「東葛《とうかつ》・印旛《いんば》大師講」という民俗行事の取材のために訪れているのだが、それを落ち着いて思い返すことがなかったせいであろう。あれから、いろいろなことがあったから……。自答する私の脳裏に、白い行衣に身を包んで、五月晴れの下を歩く札所巡りの人たちの姿が広がっていった。

松戸市、柏市、鎌ヶ谷市、白井市に点在する八十八の霊場（札所とも）を巡る、東葛・印旛大師講は、講員三千余名の、千葉県内では最大規模の地域巡礼である。江戸時代に入って四国八十八か所霊場が整備されると、中期以降は、各地にそれを模した霊場を巡る地域巡礼が生まれていったというが、同大師講の霊場が創設されたのは文化文政年間（一八〇四～一八三〇年）とされている。霊場はそれぞれに、四国霊場の地形とよく似た所を選んで設けられている、と先達の人に教えられた。

全行程七十九キロを五月一日から五日までの五日間で廻るのだが、私は初日と最終日を見学させていただいた。その年の結願寺が、年当番の松戸市金ヶ作《かねがさく》地区にある祖光院であった。巡拝の人々は同寺を出発して、結願の日の五日に再び戻ってくる。

メモを見ると、五月一日は、松戸市の金ヶ作、柏市の増尾《ますお》、逆井《さかさい》、藤心《ふじごころ》、名戸ヶ谷《などがや》、沼南町《しょうなん》（現・柏市）の高柳、塚崎の各札所を巡っている。札所は神社や寺ばかりではなく、畦道の傍らに作られた大師堂だけの所もある。大きな木の陰にそっと佇む大師堂は、農作業の道すがら手を合わせる人の姿が目に浮かぶような、いい風景だった。

この大師講は講員が団体で巡拝するだけでなく、厨子に納めた木造の弘法大師像を背負って札所から札所へと送り込む。人々は文字通り、大師とともに巡礼するのである。曼荼羅《まんだら》旗と結願地区の旗を先頭に、法螺《ほら》貝吹き・厨子負い・僧侶や先達・講員の人たちで構成された一団は、まぶしい緑に溶け込んで、懐かしいような田舎道を進んでいく。

ああ、この列に加えてもらったなら、どんなに心やすらぐことだろうと、心の底から思ったのだった。

しかし、私はその三年後にリウマチを発症して、療養生活を余儀なくされることになった。病気をなだめなだめ、なんとか一日をやり過ごす明け暮れ。とりわけこの二年間は、季節を感じる余裕などまったくなかった。

おととしの五月初旬、年明けから時折、胸苦しさを漏らすことがあった夫に肺がんが見つかった。手術ができるとの診断に希望を繋いだものの、手術の最中に帰らぬ人となった。長年の喫煙のために、医師の予想以上にダメージを受けていた肺は、手術に耐えられなかったようだ。付き添っていた家族は別れを言うこともできなかった。

悲しむ間もなく押し寄せてくる諸々の後始末を終えた初冬のころ、私の体を心配した長女夫婦が、柏市の自分たちの住まいの近くに家を探してくれ、去年のみどりの日に慌しく引っ越してきた。その一か月後には、二人目の子供を出産した長女の世話にと、嵐のように時が過ぎた二年間だった。

心静かに眺める今年の新緑。明るい陽ざしを反射して、無心にきらめく葉群れを見ていると、この身もまた生かされている存在であると気づかされる。夫を喪ってからずっと心を捉えていた、悲しみや無常の思いが解《ほど》けていくようだ。夢中で後始末の諸事をこなしながら、諦めのうちに悟ったことがあった。生者の日常は、淡々と変わりなく続いていく。つまり、遺された者は生きていかなければならないのだと。また、その思いを新たにするのだった。

痛みのために、十分ほどの距離を歩くのがやっとの私には、徒歩で霊場を巡るなどはもう望むべくもない。病気や夫の死という試練の前に、よく生きることの難しさを痛感する今こそ、あの列に加わりたいのだが……。

けれども、若葉を渡るきれいな風に吹かれていると、万緑の中を行く巡礼の人たちの姿を思いだすことができる。金剛杖の先につけられた鈴の音が、ちりんちりんとのどかに響いてくる。

# ◆じぃじは自転車に乗って

遊びにきた小学二年生の孫に、仏壇にご飯を供えさせたときのこと。

「なんで仏様にご飯を上げるの？」

と、訊いてくる。

突然の質問に面食らって、私は思いつきで答えた。

「仏様のお蔭で、ご飯が食べられますっていう気持で上げるのよ」

「ふぅーん」と神妙に聞いていた彼は、やがて顔を輝かせて言った。

「わかった！　じぃじが稼いだお金だからだっ」

即物的な、しかし、言い得て妙の感のある発言に苦笑しながら、日頃思っているあのことを話せばよかったと少し後悔した。

私たちは連綿と繋がる命を受け継いでいること。自分がこの世に在ることの尊さ、それへの感謝……。いろいろな思いを込めて、お供えをし、手を合わせる。まったく自己流の解釈ではあるけれど、孫にはいずれきちんと伝えてみようと考え直した。

夫は生前この初孫をことのほか可愛がり、孫もまたよくなついた。傍《はた》で見ている私が、軽い嫉妬を覚えるくらいの仲むつまじさであった。

肺がんの手術を受けるために入院する二週間前、夫は私が止めるのも聞かずに、柏市の長女宅へ出かけた。どうしても庭の草取りをしてやりたいというのである。夫の病状が、当初の診断よりかなり深刻なものであると知らされたのは、手術の五日前だった。入院するまではそれなりに元気なところを見せていたので、周囲はまだまだ残り時間があるような気がしていた。「今、無理をしなくても、退院すればまた行けるんだから」。私はそんな言葉をぶつけた憶えがある。

その日、夫は孫とたわいないお喋りをしながら丹念に雑草を抜いたあと、公園に連れだして一時間ほど遊んだそうだ。入院してから九日目、一度も孫が見舞わないうちに亡くなったので、結局、夫が孫に会ったのはそれが最後になった。草取りに事寄せて、孫に暇乞いをしに行ったのかと思うと切なくてならない。

葬儀がすんで一月半がたったころ、遺品の整理のために長女一家が訪ねてくれた。夏草の伸びるにまかせた庭の片隅に、ぽつんと置かれた夫の自転車。それに目を留めて、

「じぃじの思い出だね」

と、五歳だった孫がませたことを言う。

葬儀から帰るなり夫の部屋へ行き、「やっぱりじぃじ、いなかった」とつぶやきながら戻ってきたときは、新しい涙を誘われたものだ。少しは祖父の死がわかってきたのか、としんみりしていると、彼がまた、さも口惜しそうに言った。

「じぃじ、乗っていけばよかったのに……。ねぇっ！」

とっさに、痩軀《そうく》を自転車に預けて、飄々と天空へ駆け昇る夫の姿が立ちあがって、私は涙ぐんだまま噴きだしてしまった。幼子が精いっぱい理解した、死のイメージが楽しくて、思い返すたびに気持が慰められた。

二年生になって、少年らしさを帯びてきた孫は友達と遊ぶ楽しみを覚えた。学校からの帰り道、一時間も道草を食ってきて、母親に叱られるときもある。明日を生きている子供は、急速に生前の祖父を忘れつつあるようだ。淋しさは否めないが、それもしかたのないことなのかもしれない。

これから孫が生きていくなかで、困難に直面したとき、自分を慈しんだ祖父がいたことを思いだして、もしも心を励ましてくれるならそれで十分である。

# ◆桜桃の実るころ

「あした、そっちに行くけんね。楽しみに待っとって！」

そんな電話のあった翌日、母は満面の笑顔で江戸川区のわが家に現れた。紺色の半袖スーツの肩には、ずり落ちそうに大きなアイスボックスというういでたち。母はその格好で、実家のある福岡から飛行機でやってきたのである。

そして、玄関を入るなり、「あんたたちに鯛を食べさせたくてね」と声をはずませる。八か月前に結婚して上京した私と夫のために、わざわざ鯛を運んできたのだった。クール便どころか、宅配便すらなかった昭和四十五年のことだ。

買物に行った魚屋で立派な真鯛を眺めているうちに、矢も楯もたまらず、東京にいる私たちに食べさせてやりたくなったのだという。思い立ったらすぐ行動に移す質である。真鯛とたっぷりの氷を買い込むと、釣りをする親戚にアイスボックスを借りにいく。そして、そのころは健在だった父の二日分の食事を用意して、慌しく機上の人となったという次第であった。

私は子供のころから白身魚の煮付けが好きだった。夫もまた魚には目がなかった。そんな私たちだったが、製紙会社に勤める夫の給料で調える食卓のメインディッシュは、片面を焼けば火が通ってしまうほどの薄い切身魚ばかり。それでも、自分たちの家庭を作る喜びは何ものにも代えがたい気がしていたし、私にはちゃんとやりくり上手の主婦をしているという自負もあった。

「そんなに無理をしなくてもよかったのに……」

思わずそんな言葉が口を突いて出た。母の心遣いは嬉しくはあったが、私はむしろ自分の主婦ぶりを見てもらいたかった。それになにより、小柄な体でアイスボックスを担ぐ姿は痛々しくて、見ていられなかった。

旅装を解く間も惜しみ、母は張り切って借上げ社宅の狭い台所に立った。そして、母の言う「ままごと道具」のような俎板《まないた》に、四、五十センチはある大鯛をどんと載せた。一晩を実家で過ごし、空路を旅してきたその魚には、さすがに躍りだすような活きのよさはなかったけれど、桜色に光る風格ある姿はまばゆいほどだった。

一本しかない薄刃包丁で、盛大に鱗を飛ばしながら鯛を捌き始めたが、たちまち流しが詰まってしまった。夫が大急ぎで裏へ廻り、なんとか排水管を外して笊《ざる》いっぱいの鱗を取り除いた。

それから母は「やっぱり姿煮がいいね」と、直径二十五センチほどの平鍋で煮付けにかかった。それはわが家では最も大きな鍋であった。どぼどぼどぼと惜しげもなく醤油を注ぎ、砂糖と味醂と酒を豪快に振り入れる。おもむろに煮汁の味を見ていた母が、頓狂な声をあげた。

「あららら、しもうた！　こっちの醤油は鹹《から》いとやったね」

故郷の調味料は、味噌も醤油もソースも万事に甘口である。母はいつもの加減で、うっかり醤油を入れ過ぎてしまったようだ。あわてて煮汁を掻い出して、水を加え砂糖を足す。鍋からはみ出た尾鰭や頭をそっとずらしたり、煮汁をかけ回したりしながら、形を崩さないように苦心して煮あげた。

大わらわの末に、鯛の煮付けはテーブルの真ん中に据えられた。早速、その身をとろりと甘辛い煮汁に絡ませつつ口に運ぶ。ほどよい脂肪分と相まったふくよかな旨み、それに歯切れのよさは、やはり鯛ならではのものだった。その美味の前に、新米主婦の自負心はあえなくついえ去っていた。

翌朝、母は私たちがことのほか喜んだことに満足して帰っていった。空になったアイスボックスには、新小岩駅前で買った何パックものさくらんぼを詰め込んだ。九州では生のさくらんぼはまだ珍しかったのだ。

宅配便ができてから、母は何度か鯛を送ってよこした。最後に届いたのは十六、七年前、母が八十三、四歳の時だったろうか。私は仕事を持ち、子供たちが大学や高校の受験をする年頃になっていて、忙しい毎日を過ごしていた。勤めから帰って発泡スチロールの箱を見た時は、やれやれ……という気持だった。夜遅く、骨の硬い大きな魚を捌くのは面倒で、時間が惜しくもあった。

荷物には、筆ペンの字が滲んでしまった手紙が添えられていた。荷造りの時の手際がよくなかったのか、水が漏れだしたようだった。

私もだいぶ弱ってきました。目も悪くなり、酒屋さんまで荷物を持っていくのも難儀になりました。（嫁の）敏子さんに頼むのも悪いので、鯛を送るのはこれが最後と思ってください。

弱々しく頼りない筆跡は視力が落ちたせいなのだろう。私はそれを読むうちに、言いようのない寂しさに襲われた。箱の蓋を開けると、薄い氷が二、三片浮かぶ水の中で、鯛はいっそうぐったりとして見えた。

父が他界してから、母は兄一家とは別の棟に一人暮らしをしていた。「元気でやりよるけん、なんにも心配せんでいいよ」。電話の向こうで、いつもそんなふうに明るく話していたのだが、あれは強がっていたのかもしれない。母はいつまでも元気でいてくれるような気がしていた私は、目の前に現実を突きつけられた思いだった。

老いの坂を転がるように、八十歳代の終わりごろからは、心臓発作を起こして入退院を繰り返すようになった。老化による心不全という診断であった。それでも一人暮らしを止めようとはしなかったので、私はしばしば簡単に調理できる食品類を送った。

九十歳の時だったか、荷物を受け取った旨の電話をしてきた折に、

「どうして、そんなによくしてくれると？」

と、尋ねられたことがある。

「わたしもお母さんにさんざん送ってもらったからね。お返しよ」

私は思い出を共有することができなくなった母を、切なく思いながら答える。

「あらぁ。そうやったね」

母からはまるで初耳だ、とでも言うような言葉が返ってきた。新婚の娘夫婦のつましい食卓を思いやって、はるばる東京まで鯛を持っていったことなど、とうに忘れているようだった。

母は五年前に九十五歳で逝き、私の夫もすでに亡い。店先に赤いさくらんぼが並ぶころになると、私はひとり、鯛がやってきたあの初夏の日を回想する。母の親心にはかなわない、と思いつつ……。

そして、最後の鯛が届いた時に感じた寂しさ。あれは母の老いを知ったせいだけではなかった。母からの荷物をなかば疎ましく思いながら、待ってもいたのだ。まだまだ母に世話を焼かれる娘でいたかったのかもしれない、とあの時の心模様を懐かしく振り返っている。

## ◆藤の花咲く

ゴールデンウィークが近づくころになると、毎年のようにマスコミで花の見事さが報じられる、あしかがフラワーパークの大藤。樹齢百三十年以上、棚の面積は五百畳という藤の花をぜひ見てみたいと念じつつ果たせないでいたが、次女が同行してくれることになり、足利市迫間《はさま》町のかの観光植物園を訪ねた。できることなら最高の花を見たいものと、入念に電話で咲き具合を問い合わせ、出かけたのは四月二十五日であった。

二日目の朝、早めに足利学校の見学をすませてタクシーに乗り込んだ。車窓には、鮮やかな新緑に覆われた、そう高くはない山々が続く。千葉では見られない景色に、そこはかとない旅情を誘われながら飽くことなく眺めていると、運転手さんがあれこれと話しかけてくる。

大藤は、もとは渡良瀬《わたらせ》川に程近い東武伊勢崎線・足利市駅前の、早川農園の屋敷内に植えられていたこと。駅前の市街地開発が進み、七年前に現在の地に移植されたこと。早川農園は、あしかがフラワーパークのオーナーであることなどを、要領よく聞かせてくださる。

私はふと、「渡良瀬川」という地名に思いついて訊ねた。

「足尾銅山はどちらになりますか?」

「左手の山の奥の方になります」

運転手さんは答えた後、さらに続けた。

「渡良瀬川流域の中でも、今の遊水池あたりの鉱毒被害はとてもひどかったそうですよ」

「そのことを、田中正造《たなかしょうぞう》が明治天皇に直訴したのですね」

悲しいかな私には、足尾銅山鉱害の歴史について、渡良瀬川に鉱毒が流れ込んだことと、農民の指導者であった田中正造の直訴くらいの知識しかなかった。

「そうです、そうです。この道を直進すれば、じきに佐野市の田中正造の実家ですよ。行きませんか?」

彼は熱心に寄り道を勧める。

私はつい調子を合わせてしまった軽率さを恥じ入る思いで、「きょうは藤を見にきましたので」と断った。

ややあって、運転手さんがぽつりと言った。

「足尾で銅が採れたばっかりにねぇ……」

心の奥底から洩れたような一言に、どきっとさせられたのだったが、私はその言葉の意味を何も理解してはいなかった。

比較的早い時間であったためか、植物園はさほどの混みようではなかった。空いているうちにあの大藤を見なければ、と気持は逸るのだが、藤だけで百八十本、ほかにもつつじやクレマチス、バラなどが咲き競う園内である。花々に見とれ見とれしながら、「迫間の大藤」にたどり着いた。

大勢の人が感嘆の声をあげて立ち止まり、そぞろ歩く周囲の喧騒をよそに、そこだけは別世界だった。周りのざわめきも消してしまう、そのたたずまいの静けさ。たった一本の幹が咲かせる、薄紫色の一メートルはある無数の花房。そこから仄かに漂ってくる、甘くゆかしい香り。息を飲むばかりの麗しさは、藤の花のイメージを超えていた。形容すべき言葉が見つからないのがもどかしい。

夢中でカメラのシャッターを切り続ける娘から離れて、藤棚の端にたたずんでいた私の脳裏に浮かんだ風景があった。映像か何かで見た、空想の「あの世」の風景。大藤の花の咲く、気高さを湛えた静寂の世界は、天国か浄土に譬《たと》えるのがいちばんふさわしい気がする。この花の下では、人の世の悲しみも苦しみもすべて浄められるやに思われる。

足利の旅を終えてから、私は大藤に導かれるようにして図書館へ行き、足尾鉱毒事件に関する本をいくつか読んだ。

渡良瀬川に吐き出された、足尾銅山からの有害物質を含む排水は、流域の良田を荒廃させ、数十万の沿岸住民の生活を脅かした。救済に立ちあがった田中正造と被害農民による熾烈な鉱毒反対の闘い。その悲劇的な結末……。日本の公害闘争の原点とされる事件の顛末は、読む者を打ちのめすに十分だった。そして、明治という時代に、人の生きる権利を侵すものと闘い続けた田中正造の思想と実践は、深い感銘を与えずにはおかなかった。

銅山の鉱害が顕在化するようになったのは、明治十七、八年ごろである。精錬所付近の立木が枯れだし、渡良瀬川下流で大量の魚が死ぬといった現象が見られた。

明治十年に古河市兵衛《ふるかわいちべえ》が山を買収し、その後の富鉱の発見によって、採掘・精錬が盛んになった時期と呼応していた。精錬の際に放出された亜硫酸ガス、排水に溶け込んだ硫酸銅などが元凶だった。

明治二十三年の渡良瀬川の大洪水によって、鉱毒は下流一帯の田畑に拡散し、さらに被害が拡大する。作物が実らないばかりか植物自体が生えない、農民にとっては死活問題であった。

明治二十四年、衆議院議員・田中正造は、すでに自主的な反対運動を展開していた被害民の声をたずさえて、国会で鉱毒問題を取りあげ、被害の惨状を訴えた。以後、彼は半生をかけて鉱毒問題解決に取り組み、鉱業の停止と渡良瀬川水源の涵養を要求して、政府を厳しく糾弾し続ける。だが、強力な近代国家づくりを急いでいた政府は、鉱業継続を前提に、部分的で不十分な対策を講じるに止まった。銅は、外貨獲得のための重要な輸出商品となっていたのである。

明治二十九年に頻発した洪水は、さらに甚大な鉱毒被害をもたらした。この事実は、古河が政府の命令により前年までに設置していた、鉱毒予防のための粉鉱採集器がまったく効果がないことを証明した。そればかりか古河側は、この採集器設置を条件に、被害民との間に結んでいた三年間の示談契約を永久示談（鉱毒被害に対する損害賠償や苦情等を一切申し出ない）に切り替えていた。同年の洪水を契機に、被害民たちは田中正造の指導のもとに団結し、鉱山の操業停止を要求して一大請願運動を開始する。明治三十三年、渡良瀬川両岸の被害農民が大挙して東京への請願に向かう途中、群馬県川俣で警官隊の激しい弾圧を受けた。流血の惨事となったこの事件は、多数の逮捕者を出すことになり、彼らの要求は退けられた。

正造は結論が得られないままに過ぎた、十年間の国会闘争に見切りをつけ、捨て身の手段を決意する。明治三十四年、議員を辞職した彼は、明治天皇への直訴に及んだのであった。警官に取り押さえられて未遂に終わったものの、直訴は鉱毒問題に対する世論を再燃させ、政府に第二次鉱毒調査委員会を設置させる。ところが、委員会は問題の元凶は洪水にありとして、治水問題にすり替えてしまった。渡良瀬・利根・思《おもい》の三川が合流する付近に、遊水池（実は鉱毒沈澱池）を設けることを方向づけたのである。

これを受けて、栃木県は明治三十六年以降、谷中《やなか》村の土地買収、廃村へと具体的に動いていった。

明治三十七年、正造は谷中村へ移り住み、村民と共に廃村反対運動に身を投じる。「鉱害の中心地である谷中村を滅ぼすことは、国家を滅ぼすことに通ずる」という信念からであった。しかし、彼らの努力も空しく、谷中村は明治三十九年、藤岡町に合併されて地図から消えた。翌年、抵抗を続けた残留民の家屋も強制撤去され、米どころと言われた谷中村は名実共に消滅、遊水池の中に埋没することになる。

足尾鉱毒事件は谷中村の滅亡で解決をみた。谷中村民だけでなく、渡良瀬川沿岸の広範囲の被害農民たちも、鉱害から逃れるため他郷への移住を余儀なくされた。周辺各地、あるいはサロベツ原野開拓移民となって、遠く北海道へと去っていった——。

「足尾で銅が採れたばっかりにねぇ……」

嘆息にも似た運転手さんの言葉が、ようやく重い響きをもって私の胸に届いたのであった。思いがけないほど実感がこもっていたのは、彼の縁者にでも鉱毒の被害に遭った人がいたのだろうか。いやそうでなくとも、朝な夕なに渡良瀬川を眺め、遊水池を望む人々がひとしく抱く痛みなのであろう。風が薫り、麗しい藤の花が咲くかの地が抱え込む、いまだ癒えることのない深い傷を見る思いがした。

足尾鉱毒事件から百十年余。百三十年以上を生きる大藤は、事件の目撃者であったかもしれない。植物園の話では、蔓性の大木の移植は、ベテランの庭師たちが尻込みするほどの難事業であったという。

移植の衝撃にも耐えて、大藤が自らに使命を課してでもいるかのように、見事な花を咲かせ続けるのは何ゆえであろう。遊水池の水底に沈んだ地霊を鎮め、父祖の地を追われた人々の無念を雪ぐために。国益をすべてに優先させた政治を問うために。それとも、未曾有の環境危機に直面している私たちに、歴史の教訓を伝えるためであろうか……。

大藤の花の、この世のものとも思えない美しさは、受難の地の悲しみを引き受けて咲くからに思われてならない。

**参考文献**
大町雅美『栃木県の百年』、山川出版社、一九八六年。
下山二郎『鉱毒非命─田中正造の生涯』、国書刊行会、一九九一年。

## ◆おはぎ餅をつくる

入梅を前に、長年の習慣になっている乾物類の点検をする。開封しないままに、賞味期限が迫っている小豆を使い切ることにした。

いつもより多めだとは思いながら、一袋分を一気に鍋にあけた。煮立ったところで、あく取りのために煮汁を捨て、再びたっぷりの水でことこと煮込む。砂糖を加えて煮詰めれば粒餡のできあがり。ぬかりなく白玉粉も用意してある。

途中で二度ほど水を足し、頃合いを見計らって覗きにいった私は仰天した。小豆は、直径二十センチほどの鍋の口すれすれにまで炊き増えしていたのである。ゆうに四、五百グラムはあったのかもしれない。いくら好物でも、これだけの量を娘と二人で消化するのは大ごとだ。量を減らすべく、手間はかかるが漉し餡にして、ついでにおはぎ餅をつくってみようと思い立った。久しぶりのことに、大急ぎで漉し袋を探す。袋は、私が新婚のころに里の母を真似て縫ったものである。もう薄茶色に変色しているが、晒し木綿を二重に合わせて袋縫いにしているのでとても丈夫で、四十年近く役に立ってくれている。

無類の甘党だった父のために、母は常に小豆や砂糖、糯米《もちごめ》、寒晒し粉（白玉粉）、上新粉などを準備していた。買いに走る店もない農村のこと。急に甘いものが食べたくなった、と言いだす父の気まぐれに備えていたのである。父は漉し餡を好んだので、家族六人分とご近所におすそ分けする分で五十個ほどになるおはぎを、餡からつくるのはかなりの大仕事だった。自分はつまむ程度なのに、手仕事の好きな母はおはぎづくりとなると、いつも張り切っていたものだ。

父はなまなかな甘さでは承知しない。ふつうに甘い、私たちがおいしく感じるものでも、

「砂糖屋の前を走ってきたろ？」

と言って喜ばないのだ。砂糖屋の前云々は、砂糖の使い惜しみをしたことを皮肉まじりに揶揄する、博多地方の言い回しである。しかたなく父の分にはさらに砂糖を足すようにしたが、この嗜好が父の寿命を縮めたのは確かで、家族にも悔やまれることだった。

郷里の福岡では、行事食として「がめの葉だんご」をつくった。がめの葉とはサルトリイバラの葉のことで、蔓が亀甲紋様状に伸びることからそう呼ばれるらしいのだが、

よくはわからない。

雑木林の藪のようなところに自生している、この丸っこいハート型の葉を摘んできて、餡入りのだんごを包んで蒸籠《せいろう》で蒸しあげる。大きい葉は二つ折りにして、小さいものは二枚使ってだんごを挟む。カシワの木を見かけなかったこの地方で、毒性、あく、臭いなどがなく、適度な厚みを持ち、しかも身近に豊富にある。サルトリイバラの葉は昔からだんごを包む材料として重宝され、郷土の暮らしに彩を添えてきた。

もっとも五月の節句のころには、葉の大きさはまだ五百円玉ほどにしかならない。私の住む集落では、七月下旬に行われる薬師講のときにつくっていた。十分に大きくなったサルトリイバラの葉を、朝の涼しいうちに採りにいくのは子供たちの役目である。耳をつんざくクマゼミの大合唱の中、大人に鎌で藪を払ってもらいながら、緑滴るような葉を夢中で摘み集めた。家では、母親や祖母が七輪の火を起こして、トウノマメ（蚕《そら》豆《まめ》）の漉し餡を練り、だんご粉をこね、蒸籠を洗って待っている。

貼りついたがめの葉をそおーっと剥がして、ほのかに青い香りの移っただんごをほおばる、祭りの日の楽しみ……。もちろん、まだまだ甘いものも少ないころであった。

小豆が貴重品扱いだった昭和三十年代の初めごろまで、餡には熟した蚕豆を乾燥させたものを使っていた。小豆ほどのこくも風味もなく、母は砂糖が効かないとこぼしていたが、さらっとした淡白な味はそれなりにおいしかった。ただ、皮が硬いので、一昼夜くらい水に漬けて、よくよく煮込み、さらに布で漉さなければならない。

わが家の近所は農家が多かったが、どの家でも六、七十個ものがめの葉だんごをつくった。母親たちは農作業の合間のひとときを、手間隙をかけてだんごづくりにいそしんだ。それは彼女たちのつかの間の息抜きであり、娯楽のようでもあった。

だが、高度経済成長と共に、福岡市近郊のわが町でも丘陵や林は切り開かれ、近辺のサルトリイバラも姿を消した。昨今は鄙びたがめの葉だんごをつくる人もいないようだ。子供の祭りだった薬師講の行事もとっくにすたれたであろう。

思い出と遊んでいるうちに、大鍋に移し変えた小豆が崩れるほどに煮えた。いよいよ漉し餡づくりに取りかかる。

流しに大きめのボールと笊を重ねて、その中に軟らかくなった小豆を流し込み、両手でよくよく揉む。豆の澱粉を少しでも多く取りだすために、水を足しながらさらに揉み込んでいく。笊の中が皮だけになったのを確かめて、ボールに残った水混じりの澱粉を漉し袋に注ぎ入れる。粗忽者の私はこの澱粉の溶けた水の方を捨てそうになって、何度もヒヤリとした覚えがあるので、このときばかりは考え事は禁物である。

袋の口をしっかり閉じて、流しに押しつけながら中の水分を抜く。だが、リウマチを病む私の力では抜き切ることは無理なので、娘の帰りを待つことにした。

翌日、ほろほろと崩れるまでに水気を絞った豆の澱粉に、砂糖を加えながら餡にしていく。別府温泉の坊主地獄よろしく、水蒸気をはらんだ餡が破裂するのを防ぐために、絶えず鍋をかき混ぜなければならない。木べらで忙しなく鍋底をさらい、慎重に砂糖を足し、甘みを確かめるうちにようやく完成した。黒光りする滑らかな漉し餡を眺めながら、ほとんど芸術品だわ、とひとり悦に入る。

二日がかりでつくったおはぎ餅をさっそくいただいてみた。直径が六センチほどもある田舎風のおはぎは、かぶりつくのがふさわしい。素材の小豆と糯米の風味が醸す、えも言われぬおいしさ。某ウィスキー会社のキャッチコピーではないけれど、「何も足さない、何も引かない」自然な旨さが、じんわりと口中を満たす。

私はつい嬉しくなって、せっせと箸を動かしている娘に声をかけた。

「おばあちゃんから受け継いだ漉し餡づくりの技を、あなたが継承してくれない？」

娘の返事は、「うぅーん、考えとく……」というものであった。その作業の面倒くささに恐れをなしているらしかった。

おはぎづくりのような暮らしの中の手仕事は、時の流れに押されていずれ消えていくことだろう。それと共に、祭りの日にささやかなご馳走をつくることを楽しみに働いた、母親たちの記憶までが失われるとしたら残念でならない。もんぺを脱ぐ暇もないような働きづめの明け暮れを、それを当たり前のこととして、つつましく堅実に生きていた女性たち。その姿に、生きることの原点を教えられる思いがするからである。

## ◆友ありき

昔のクラスメートである牧野さんの訃報を聞いたのは、八月末の夕刻のことだった。さしもの昼間の暑さも収まって、秋の兆しのような涼風が立っていた。大阪に住む親しい友人の靖子さんが報せてくれた。

「岸田さんが亡くなられたんだって！」

靖子さんの言葉に私は絶句した。

岸田は牧野さんの旧姓である。私たちは四十数年前に福岡の女子大で共に机を並べた間柄であるが、いまだに旧姓で呼びあう。そうでないとすぐには顔が思い浮かばないのだ。

昨年九月に開かれたクラス会で、いちばん溌溂としていて、若やいで見えたのは牧野さんだった——。体調がすぐれずに欠席していた私は、参加した靖子さんからも、他の友人からもそんな話を聞いていた。それを聞いて、活発で大きな瞳が印象的だった学生のころの牧野さんを重ねてみたりした。クラス会は、教職や公務員の職にあった人たちが定年を迎えたのを機に、十数年ぶりに思い立たれたものだった。福岡市郊外の二日市温泉に集った旧友たちが、互いの年月を労いつつしみじみと語りあった、とてもいい会だったという。

それから二か月半が過ぎた十二月中旬のこと。思いがけず牧野さんから手紙をもらった。学生時代、自宅から通学していた私は、長崎出身で寮生活をしていた彼女とはあまり親しむ機会もなかったので、卒業以来となる音信に少なからず驚いた。

クラス会で、私が還暦の記念に出版したささやかなエッセイ集のことが話に出たそうで、彼女はそれを友人から借りて読んでくれた由であった。そして、わざわざ読後の感想を書き送ってくれたのである。「突然、お便りするご無礼をお許しください」で始まるその手紙には、私の拙い文章の行間までも読み取った的確な感想や、温かい祝いの言葉が綴られていた。長い空白の期間があったにもかかわらず、彼女が示してくれた変わらぬ友情は嬉しいかぎりであった。

牧野さんが共感を覚えたとあったのは、二〇〇〇年に東京で行われた、ベアテ・シロタ・ゴードンさんの講演会に触れた一編だった。彼女も地元の佐世保市でその講演を聴いたという。

ベアテさんは元GHQ民生局のスタッフで、日本国憲法草案の起草にたずさわった唯一の女性である。女性の権利保障に関する分野を担当して、憲法の中に「男女平等」を書いた。婚姻における両性の平等、財産権や相続の平等をさだめた第二十四条がそれである。この条項は、すべての国民の法の下での平等を謳った第十四条と相まって、旧憲法の下、無能力者として、男性の従属的な地位に甘んじていた日本女性を解放した。

幼・少女時代の十年間を戦前の日本で過ごしたベアテさんは、抑圧された女性たちの姿を見聞きしており、終始日本女性の味方であった。

あの人たちに最高の幸せを贈りたい。女性が幸せにならなければ日本に平和は訪れない――。彼女の誠実で一途な思いが第二十四条を生ましめたのである。だが、この条項はたやすく成立したわけではなかった。新憲法のGHQ案と日本政府案を突きあわせる極秘会議で、日本側が強い難色を示したのだ。いわく、「日本には、女性が男性と同じ権利を持つ土壌はない」。

しかしここでも、通訳としてこの会議に参加していたベアテさんの存在がものを言う。GHQ側の草案作成責任者が、親日家である彼女が執筆したことを理由に、日本政府を説得してくれたのである。善意の一外国人女性の手により、幸運に恵まれるようにして

「男女平等」の条項は誕生したのだった。

講演で二十四条ができるまでの経緯を知って、牧野さんもまた私と同様に、感動に胸を震わせた、としたためていた。昭和十九年生まれの私たちは、民主主義教育を受けながら、まだまだ根強くあった男尊女卑の考え方、女性の生き方を旧来の枠組みに固定しようとする社会の意識の間で揺れ動き、悩んだ世代である。

子供のころは、よく「女の子のくせに生意気な……」と叱られた。長じてからは明治時代さながらに、本人の意思に関係なく、家庭に入って良妻賢母となることを期待された。気持の上で、体に合わない服を着ているような心地悪さを常に抱いてきた。私たちがベアテさんに感謝するのは、戦前の女性の生きにくさを多少なりとも肌で感じたからである。

牧野さんからの手紙には、三十八年に及ぶ教員生活を終えて、旅行や家庭菜園を楽しむ傍ら、憲法九条を守る運動に力を注いでいると書き添えてあった。そして、岩波ブックレットシリーズの中の一冊、『憲法を変えて戦争へ行こう　という世の中にしないための18人の発言』という冊子を同封してくれていた。

戦争放棄を謳った憲法九条を守ることは、私たちの世代の義務であると思っています、と彼女は書いていたが、言うまでもなく私も同感であった。

人生につきもののそれなりの苦労はあったものの、私たちは平和憲法に守られて安心して暮らしを営み、子供を産み育てることができた。老いを迎えようとする今、平穏な日常を積み重ねることのできる幸いを噛みしめるのである。この素朴な実感を後に続く人たちに伝え、憲法第九条をしっかりと彼らに手渡す責任を負っているだろう。六十二年前、戦争の計り知れない惨禍と引き換えに得た平和、そして、自由、平等という価値。それを生涯享受することのできた私たちの世代が、結局、いちばん幸せな世代だった、と語り継がれるようでは申し訳が立たない。

持病のある私は行動することはかなわないが、牧野さんに励まされた思いだった。彼女と語らう機会に恵まれることを願いながら、次のクラス会を心待ちにしていたところであった。

病気療養中だった五月初め、俄かに病状が悪化したという。身内だけで送ってほしい、との本人の強い希望があったそうで、訃報は葬儀がすんだ一か月後、親しかった友人たちにもたらされた。一切の未練を断ち切るかのような彼女の潔さが、私たちをいっそう寂しくさせていた。

「こんなお報せをしあうのも、これからは珍しいことではなくなるのかしらね」

靖子さんは沈んだ声で、そう言い残して電話を切った。

牧野さんがどんなことを考えながら卒業後の人生を歩いたのか、もはや訊ねるすべはない。彼女と私は、遥かな時を経て一瞬気持が触れあい、自分たちの生きた時代に寄せる思いに共鳴する部分のあることが、少しだけ分かったにすぎない。

おそらく彼女は、さまざまな不合理と闘いつつも、確かな足取りで道を切り拓いてきたのだろう。静かな勇気を持って行動する人であったことを物語るように、私の手元に『憲法を変えて――』の冊子が遺された。

## ◆ところ変われば

柏は寒い！　船橋市から柏市に移り住んで、初めて迎えた一昨年の冬。底冷えのする寒さに震えながら心底そう思った。わけても日没後の急激な冷え込みようはどうだろう。もともとの寒がりのせいかとも考えたが、東京に通勤する娘も帰宅するなり、「なんでこんなに寒いのよっ」と、姿なき敵に八つ当たりしているところをみると、やはりこの寒さは本物のようだ。

二十七年間住んだ船橋の住まいは、総武線・津田沼駅の北側（陸側）、徒歩二十五分の所にあった。南風の吹く日は強い潮の匂いがしたものだが、東京湾からの海風の恵みで、これほどの寒さを感じた記憶はない。一方、県北部、東葛飾地域の中央に位置していて、まず海の影響を受けることのない柏市の気候は、すぐれて内陸性なのだろう。

新旧の住まいの距離は約十一キロメートル、車での所要時間は三、四十分ほど。それなのにこの気温差（体感で〇・五度くらいあるだろうか）である。友人に話しても、俄かには信じがたいという顔をされてしまうが、きちんとしたデータがないので、「ほんとに寒いんだから！」と力説するしかない。

初冬であるにもかかわらず、船橋で真冬にだけ着ていた長袖シャツを重ね着しても役に立たない。あわてて通販で、気温五度から十度に対応するというイギリス製のシャツを購入し、それを重ねてようやく人心地がついたのだった。

地形の違いにも心を動かされる。

なだらかな平地が広がる、起伏の少ない柏市の地形。点在する黒々とした雑木林がアクセントになっている程度である。その茫洋とした景色に、三方を山で囲まれた町に育った私は、どこを気持の拠り所にすればよいのかと心細くなるほどだ。

船橋も市域の大部分は柏と同じような地形である。だが古代には、わが家のあった辺りにまで深く東京湾が入り込んでいたと言われている。そのため付近一帯には崖が多く、地形はまだしも起伏に富んでいた。

船橋から鎌ヶ谷、松戸、柏、流山、野田、さらには習志野、八千代、白井、印西に至る広大な下総台地には、江戸幕府直轄の、小金牧と呼ばれる野馬《のま》（野育ちの馬の意）の放牧場が開かれていたことはよく知られている。下総台地の土壌は強い酸性の関東ロームで、農耕には不向きなうえ、牧となった地域は水利・交通に恵まれず住居地に適さなかったため、長い間、原野のまま取り残されていたという。

家の近くの松戸市五香六実《ごこうむつみ》にも、野馬土手（野馬除《よけ》土手とも）の一部が残っている。土手は、野馬の周辺の村への侵入を防ぐために築かれたものだ。車で通りすがりに見るだけだが、土手の高さは三〜四メートルほど、それが百メートルばかり続く。表土の剥がれ落ちた斜面には、土手の上に植えられた木々の根が露わになっていて、時の流れを偲ばせるようだ。モダンな家が立ち並ぶ住宅街にあって、牧のあった時代をひっそりと今日に伝えている。

転居してから二年、身辺が落ち着いてくると、この地の来歴が知りたくなった。元来、土地の往時の様子や風物に思いをめぐらせるのが好きな質である。

仕事をしていたころ、必要に迫られて読んだ江戸時代の紀行文の中に、小金牧に関する記述があったのを思いだしてあらためて読んでみた。

筆者は十方庵敬順という人。旅行した年は不明であるが、著書『遊歴雑記』は文化十一（一八一四）年に成立している。少し長いが引用させていただこう。

……斯《かか》れば今奥州野辺地の外は、日本に小金が原程の広大な平原《ヘイゲン》ある事を聞《きか》ず、

されば此小金が原を過る間、左右を見わたせば、只渺茫《べうばう》として目に障《さは》る樹木・村邑なくさらにその果をしるべからず、

扨此原の中には野馬夥《おびただ》しく生じて、臥《ふし》たるあり、驅《カケ》るあり、食するあり、狂ひ遊ぶもありて、路傍の近きあたりに集ひ居るといへども、人を恐れず悠々然として逃去《にげさる》馬なし、遠きに群遊ぶは犬の如くに見ゆ、その容躰画に書たる百馬の図の如し、武城の市中に産まれし身は最《いと》面白く、又めづらしく覚ゆ、〈中略〉又是より北の方、木おろしの路筋は、釜《かま》がや（鎌ヶ谷）より白井まで弐里余の間、みな小金が原のつづきなれば、左右平原にして、野飼の馬は路傍に幾匹となく集ひあそべば、邂逅《タマサカ》通行する人は最めづらしく思えり、かゝる果しなき広野なれば、小金が原を過るの路すじ、幾陌ある事しるべからず、されば此平原の中央にして、西の方を顧《カヘリミレ》ば、全形の芙《ふ》蓉峯《ようほう》（富士山）を雲間に見る、佳興又いはん方なく、就中曠野の中を、幾筋となき路を、人の往来する様は豆の如くに見へて、天然の風色賞するに堪たり、左はいへ、季秋の末より仲春までは、西北の風尤烈しく、憩ふべき舎《ヤド》りなければ、原を過る間寒き事肌を透《トヲス》が如し、

旅人は、小金原と称されたこの辺りの無辺の広さに驚嘆し、放し飼いにされた馬の生態を珍しがる。そして、富士山までも見晴らせる、遮るもののない平原の風の烈しさ、冷たさを忘れがたく書き留めている。

『小金牧　野馬土手は泣いている』の著者である青木更吉氏によれば、牧の入口（出口）には木戸が設けられており、人が通行する時は木戸番が閂《かんぬき》を開閉したそうである。野馬はおとなしい性質で、人に危害を加えることはなかったようだ。

旅人が牧の情景を活写しておいてくれたおかげで、柏駅に向かう私の道中がなんとなく楽しくなった。

牧経営の主な目的は、近世の平和な時代の交通運輸、産業面における労働力としての馬の供給にあった。そのため、捕獲された野馬はほとんどが民間に払い下げられて、荷駄運びや農耕に使われた。

『松戸市史　中巻』には、馬の購入者である百姓の立場になってみると、価格が廉価であること、温和であること、力が強いこと、寒暑粗食に耐えうること、頑健であることが望ましく、野馬はその条件に適っていたのだろう、と記述されている。

辛抱強く、働き者の野馬たちは、江戸の繁栄を支えた陰の功労者であったかもしれない。おそらく体つきはずんぐりとして、毛並みもよくはなかっただろうが、優しい目をしていたであろう彼らが、車窓に眺める風景のそこかしこに立ち現れてくる。

点在する林は、放牧された馬たちの寒暑を凌ぎ、冬季の餌場とするために残されたもの。そして、野馬土手の補修や捕獲の時の人足に駆りだされる牧周辺の農民たちに、代償としての薪を供給する入会地でもあった――。そんな史実を知ると、風景の構成物にすぎなかった雑木林も、人と馬の息づかいが聞こえてくるようで懐かしさすら覚える。

人の交流圏の違いにも新鮮な驚きがあった。昨年五月から通い始めた、JR柏駅前の文章教室でのこと。受講生の中には茨城県から通ってくる人もいると知って、人知れず感動を覚えた。柏市の住人になったことを、あらためて実感した時でもあった。

考えてみれば、（茨城県）取手市や守谷市とは利根川を挟んで隣同士の柏市である。茨城から通う人がいても少しもおかしくはないのだが、船橋にいたころは遠い隣県だった茨城県が、ぐっと近くなったような気がした。

同じ東葛飾地方に属する船橋市と柏市。しかも車で三、四十分の近さでありながら、この風土の違いである。地図を眺めているだけではわからないものだと、つくづく思わせられる。夫が亡くなって、急遽住むことになった柏市であるが、はからずも新しい土地を探索する愉しみに恵まれた。

春と秋の季節、船橋から習志野にまたがる畑を彩ったのは、特産のニンジンであった。葉の萌えだすころの美しさは格別だったが、柏の地の畑を覆うのはどんな作物であろうか……。放牧場跡に拓かれた畑地の実りは、明治になって入植した人々の苦闘の賜《たまもの》である。

とは言え、冬の暖かさをもたらしてくれた海からの風、水鳥の群れ舞う、彼方の三番瀬《さんばんぜ》(注・東京湾奥の干潟)を髣髴させたあの潮風が、たまに恋しくなる。

**引用文献**

十方庵敬順『遊歴雑記初編1』(朝倉治彦校訂)、平凡社、一九八九年。

**参考文献**

松戸市史編纂委員会『松戸市史　中巻』、松戸市役所、一九七八年。

柏市史編さん委員会『柏市史　近世編』、柏市教育委員会、一九九五年。

青木更吉『小金牧　野馬土手は泣いている』、崙書房出版、二〇〇一年。

## ◆大津まで

「お待ちしておりましたぁ！」

ＪＲ京都駅の八条口で、墓石販売会社営業マンのＫさんは、にこやかに私たち一行を出迎えてくれた。

事前に電話で連絡を取りあった時の印象のままに、京訛りのある純朴そうな青年であった。なんとなく安堵して、彼の運転する車に乗り込んだ。比叡山延暦寺が経営する大津市の霊園を見にいくのである。

寺や霊園が永代に管理してくれる永代供養墓を買う……、私たち夫婦が漠然とそのことを考えるようになったのは、五、六年前からである。近頃は核家族化や少子化が急激に進んで、先祖代々の墓を子孫が守ることは難しくなっていると聞くが、娘だけのわが家もその例に漏れない。

私たちは、平成十二年に他界した夫の母の一周忌を機に、船橋市内の市営霊園に墓を建て、九州にあった実家の墓を移した。墓参りや管理の利便性を考えての改葬だったが、墓の継承にまでは深く思いが至らなかった。しかし時と共に、霊園の規則に厳然と謳われている、管理料を三年間滞納した場合は無縁墓として扱う、という項目が気になりだした。

他家へ嫁いだ娘たちが、将来にわたって守り継ぐことは困難であろうし、彼女たちに生家の先祖供養の負担までがかかっていくことを思うと、最終的には永代供養墓に入るのがいいのではないか、と考えるようになった。

「永代墓のこと、ちゃんと決めなくちゃね」

茶飲み話の中で夫に水を向けると、

「そうだな」

いつも気のない相槌が返ってくる。そんな会話を繰り返して結論を先延ばししている間に、夫は病のために急逝した。

墓の件は常に気に懸かっているものの、リウマチを患う私は方々の霊園や寺を見てまわることもできない。自分がなんとか動けるうちに解決しておきたいと、ひとり思い悩んでいた。

この九月下旬のこと。新聞販売店から届いた生活情報誌を見るともなく見ていた時、ある広告に眼が釘づけになった。

〈延暦寺があなたの子孫に替って永遠にお祀りし、ご供養いたします〉

そんなコピーで始まる、比叡山延暦寺霊園の永代供養墓の案内であった。

霊園は、学生のころから何度も旅した京都に近いし、延暦寺には高校の修学旅行で訪れている。なんだか縁を感じるような所ではないか！　距離的にも交通の便がいいのでそれほど遠方とは感じない――。私は胸の高鳴る思いで、決め手になりそうな材料をあれこれと探しだしていった。なにより惹かれたのは、絶対に無縁仏にしないことを約束します、という一文だった。

義母は満鉄社員だった夫を事故で失った。皮肉にも終戦直後の残務整理中の出来事であったという。生まれたばかりの赤ん坊もいた、三人の子供を連れて内地へ引き揚げてきたのだが、辛酸を嘗めた体験を多くは語らずに逝った。だが、小さな骨壷に納めて連れ帰った夫と共に懇ろに祀ってほしい、との思いがあったようで、いくばくかのお金を遺していた。私たちの手で祀り続けることはできないが、母の遺志に添うためにも無縁にすることだけは避けたかったのである。

広告は飛び込んできた朗報にも思われて、近所に住む長女にすぐに相談した。日頃から、生家の墓の行く末は自分の問題でもあると考えていたらしい娘は、二つ返事で大津への同行を引き受けてくれた。ついでにまだ新幹線に乗ったことがない娘の長男――小学二年生の啓を誘って、十月初め、私たちは車中の人となったのだった。

霊園は比叡山の北方、比良《ひら》山の山裾のなだらかな丘陵地に造られていた。南向きに拓かれた広大なものであった。

久遠墓地と名づけられた永代供養墓用の墓地は、霊園の大部分を占める一般墓地の一画にあった。丘陵をかなり登ったそこからは、うっすらと青みを帯びた琵琶湖の水面を望むことができた。

「ああ、いい所ねぇ」

娘と私は心から頷きあった。澄んだ秋空を映して静まる湖の眺めは、いっとき旅の目的を忘れさせる。出発の時から私につきまとっていた一抹の憂愁を晴らしてもくれた。

使用できる墓地の面積は、幅九十センチ、奥行百八十センチほどのささやかさであった。

「この墓地は、基本は二霊位ですが、最高四霊位までお入りになれます。一霊位を追加されるごとに、××円の追加料金をいただくことになります」

Kさんの快活な、日用品か家電品でも商うような物言いがおかしかった。

墓地は整備されて、石碑を建てるばかりになっていたが、石碑は霊園で決められた定型のものを建てるそうだ。彼の会社はそれを請け負っているのである。

以前に分譲された久遠墓地には、すでに同じ形の石塔が整然と立ち並んでいて、静かに湖を見下ろしていた。

ふと、私は納骨場所のあまりにも浅いのが気になった。白砂を敷き詰めた深さ十七センチほどの箱型のそれは、とても墓穴には見えない。おそるおそる訊ねてみた。

「あのぅ、ここに骨壷は入るのでしょうか?」

「いえいえ。お骨は一霊位ごとに、白い布袋に入れて納めていただきます。こちらでは、いずれは土に還っていただくことを旨としております」

土に還る……。私はその言葉に動揺した。墓地の広さなどはどうでもよく、先祖と夫と私がつつましく眠る所が確保されるなら、それで十分であった。しかし、土に還って、自分の痕跡が消えてしまうのは寂しすぎる気がした。

「それで、白い布の袋はどこかで買えるのでしょうか?」

必要なことは訊いておかなければと、平静を装って訊ねる。

Kさんはまた明るく答えた。

「いいえぇ。大切な仏様がお入りになるものです。どうぞ心を込めて、ご自分で縫ってあげてください」

私の骨を入れる袋を、私が縫うんですかあ! と叫びたいのを堪え、声にならない声でつぶやいた。とても自分の死支度をする勇気なんてありません――。

人の好い笑顔を見せながら、容赦なく私の覚悟を問うてくる(……と、思えてならなかった)Kさんがいささか恨めしい。嬉々として園内を走りまわっている孫の姿が視野に入った時、老いや死とは程遠い所にいる彼を羨んだりした。

いままで何人もの終焉の光景を目の辺りにしてきたはずであった。二年前には三十六年間連れ添った夫を看取り、長く無常の思いに苛まれた。だが、死はどこかで他人事だったのかもしれない。

滅入りそうになる気持を励まして、事務所で購入の申込みをすませた。Kさんに勧められるまま延暦寺に参拝して、再び京都市内に戻り、八坂神社の前で車を降りた時にはもうとっぷりと日が暮れていた。

　軒を連ねる店舗の照明がまばゆく輝き、観光客でごった返す四条通の賑わいの中に紛れ込む。人いきれと、信号待ちの夥しいタクシーが吐きだす排気ガスとで、むっとするように暖かい。けれども、いましがた常世《とこよ》を覗いてきた身に、繁華街の澱んだ空気や喧騒は心地よくさえあった。通りをそぞろ歩く華やいだ人々を見るのも、そこに居合わせているのも悦ばしかった。それは、いやおうなく自分の死と向きあって知った、生きてあることの愉悦にほかならなかった。

　私たちははしゃぎながら、お茶屋の前でカメラのポーズを取り、土産物店を冷やかしてまわった。旅の思い出にと、手頃な値段の京懐石料理を味わって、上り新幹線に滑り込んだのは八時過ぎであった。

　窓際の席に陣取った孫は、機嫌よくポケモンのフィギュアで遊び始めた。私は眼を瞑ってみたものの、昼間のさまざまなシーンが甦ってきて眼は冴える一方だった。車内販売で買ったコーヒーを、苦いと知りながらしきりに啜った。

　どのくらいたっただろうか、少し疲れたからと、隣で眠っていたはずの娘がぽつんと言った。

「お母さん、ごめんね。自分で自分のお墓を買わせるようなことをして。でも、肩の荷が下りたようでほっとしたの。啓が背負ってるものも、一つ軽くなったと思うし……。この子たちの将来もあまり明るくはなさそうだしね」

久しぶりの遠出を楽しんでいるように見えた娘も、心中、葛藤を抱えていたのかと思うと不憫であった。永代供養墓は、私だけでなく、娘にもそれなりにつらい選択だったのだ。私はことさらに語気を強めた。

「なあに！　わたしがしなきゃならない仕事だもの。啓ちゃんに、うちの墓守りまでさせられるもんですか！　それに生前に建てるお墓は、寿陵とか言って縁起のいいものだそうよ」

自らの言葉で我に返った私に、はっきりと見えたものがあった。旅の間ずっと引きずっていた愁いの正体……。それは、自分が死ぬ存在であることを認めたくない、近しい者との永別が寂しい、と拗ねていたのだと。土に還る、という言葉に動揺したのも、この世への恥ずかしいまでの執着であったろう。

娘の思いがけない一言は、年甲斐もなく死に怯え、感傷に沈んでいた私に活を入れた。

「啓くん！　きみが大人になって、会社にお勤めして、そして定年になったら、きょう行ったお墓にお参りしてね。おばあちゃん待ってるから」

感傷を振り切るように、私は孫に向かっておどけてみせた。

「はあ～い」

孫は手を休めずに、のどかな声だけを返してきた。

逃れられない宿命を生きる私たちである。盛んにフィギュアを戦わせて、一人遊びに興じているこの子もまた……と思うと、幼い命への愛おしさが胸をよぎる。

私は座席に体を沈め、あらためて眼を閉じた。そして、電車の単調な揺れに身をまかせながら、秋の陽ざしの中で煌めき立つ湖を眼裏《まなうら》に見ていた。

## ◆村へ来る人

昭和二十年代から三十年代にかけての私の子供時分、集落には物売りなど、さまざまな人たちがやってきた。

故里の福岡県宇美《うみ》町は、福岡市の中心地から東へ十一キロメートルほど入った、県中央部に位置する。東から南に連なった、四百〜九百メートル級の山系の裾野に広がる町であった。

町の東南部に炭田があって、石炭の採掘が盛んだった時期もあるが、基本的には稲作を中心とする近郊農村の性格を持っていた。食習慣や風習、言葉なども、福岡市東部の古くからの商都、博多の圏内にある。わが集落も半数は農家だったが、陽気で気さくな博多人気質に似て、どこか開けっ広げな雰囲気があった。

集落を南西に貫く県道は福岡市と太宰府市を結ぶ、町のメイン道路である。平安時代の対外交易の拠点、筥崎《はこざき》と大宰府とを結んだ要路と目されているが、集落の気風はひとえに、この道路が運んでくる新しい風のせいではなかったかという気がする。そして、この気風が、集落への来訪者を誰であれ、快く受け入れたのではないだろうか。県道は他に二本あるが、当時はバスが通わないか、運行されていても日に数本程度であった。福岡・太宰府ルートと並行して、博多駅方面に向かう国鉄勝田線（現在は廃線）、博多湾の東側沿いを走る香椎線と、いずれも町内を終点とする二本の鉄道が通っていた。

集落への来訪者たちは、これらの道路や鉄道を利用したものであろう。

物売りでまず思いだすのは摘み草用の花籠売り。テープ状に細く薄く裂いた竹で、ちょうど電気炊飯器の内釜のような形に編んだ手籠である。真ん中辺りに編み込んだ赤い数本が、わずかに華やぎを添える程度の質素なものであった。竹製の日用品や農具のついでの商品だったのだろうが、リヤカーに幾つも重ねて積まれていた花籠ばかりが目に焼きついている。

花籠は、本家の伯母が、一族の摘み草のできる年頃になった女の子に買ってくれることになっていた。なにかを新調してもらう機会などめったになかったころのこと。自分のために買われた新しい籠は、眺めているだけでも心が弾む。それを手に畦道でツクシを探し、ヨモギやレンゲ草を摘んで遊び暮らす、蕩《とろ》けるように暖かな春の日。私たちはあたかも天与の仕事ででもあるかのように、それに夢中だった。

伯母は、常に私たち家族に寄り添ってくれた人である。小学五年生だった兄が重い腸炎を患って入院する時も、三歳の妹が赤痢に罹って隔離病院に入る時も、布団などを積んだリヤカーを黙々と牽く姿があった。

空き地から、ドン！　と大きな爆発音が鳴り響くと、子供たちは遊びを止めて走っていき、大人たちは米と小皿に盛った砂糖を手に、三々五々集まってくる。ポン菓子屋が来たのだ。麻袋の中で、生米の何倍にも増えたポン菓子ができるさまは、何回見ても飽きなかった。出来立ての香ばしくほんのり甘いそれを、両手で掬うようにして口に運ぶ嬉しさ。いつもお腹を空かせていた私たちの至福の瞬間であった。

だが先日のこと、四歳上の姉と子供のころの話をしていたら、姉が事もなげに言った。

「あのポン菓子は本家から分けてもらってたのよ。あのころ、お百姓じゃない家に、お菓子にする米なんてなかったんだから」

まだ戦後の混乱が続く当時、米は配給制であり、皆が貧しく不自由な生活を強いられていた。わが家も、復員してきた父が新しい仕事を始めたばかりで、母は家族六人のお腹を満たすためにずいぶん苦労していた。米櫃《こめびつ》が米で一杯になっている時がいちばん嬉しい――。母が冗談めかして、そのつらさを漏らした言葉がよみがえってもきて、ポン菓子の甘美な思い出は、ちょっぴり切なさの滲むものになった。

何度も来たわけではないが、糝粉《しんこ》細工のおじさんは珍しいお菓子を作ってみせた。軟らかい糝粉（だんご粉）で鳥や人物の形を作るのだが、自転車の荷台の箱から取りだした材料で、次々にそれらを生んでいくおじさんの巧みな指技は、目を見張るばかりだった。ただ、口で霧吹きを吹いて色をつけるのが子供心にも不衛生に思えて、一度も買うことはなかった。時期はもう忘れたが、鍋や釜の修理をする鋳掛け屋もまわってきた。鍋底の穴を器用にふさいでしまうその仕事ぶりは、ギャラリーの私たちを十分に満足させた。

子供たちの唯一の娯楽らしい娯楽だった紙芝居。冷蔵庫のない夏の楽しみ、アイスキャンデー売り。雨の日も風の日も来る朝の豆腐売り。この人たちは皆、町内からであった。

朝と言えば、毎朝のように勝手口に現れるのはあさり売りのおじさんだった。筥崎浜で自ら獲ったあさり貝と、作り立てのおきゅうとを自転車に積んで、十キロの道のりをやってくる。頑丈な荷台に載せられた、まだ滴の垂れている大きな籠は見るからに重そうで、行商の仕事の厳しさを窺わせた。

おきゅうとは関東の納豆のように、朝の食卓に欠かせない一品である。博多湾で採れたオゴノリを乾燥させ、煮溶かして、掌大に平たく延ばしたもの。半透明の褐色をしていて寒天よりはずっと歯ごたえがある。ざくざくと一センチ幅に切って、花がつおや摺りごまを振り、生醤油か酢醤油をかけて食べる。食欲をそそる磯の香りと、喉ごしのよさが身上だった。

博多のおきゅうと売りは、「おきゅーとゎいわいわい……、おきゅーとゎいわいわい……」と、朝まだきの街を触れ歩いたものだと、戦前にしばらく福岡市内に住んだ母が話したことがあった。

博多湾沿いの三苫《みとま》、和白《わじろ》といった漁村からは、干しカナギや鰺の干物、ワカメなどの海産物を担いだおばさんがやってくる。志賀島《しかのしま》に手を延ばすように突きだした岬、西戸崎《さいとざき》から海辺の村々を縫って走る香椎線が、彼女たちの大事な足だったのだろう。

福岡の街に春の訪れを告げるというカナギは、体長三、四センチほどのイカナゴの稚魚である。軟らかく味のよいその魚は、そのままでも佃煮にしてもおいしく、父の好物だったこともあって、母はおばさんを待ちかねて買った。

そして、藺草の産地、筑後から来る花ござの行商人。九州の夏は長く、辟易するような猛暑にみまわれる。クーラーはおろか網戸すらなかったころ、花ござは寝苦しさを凌ぐための必需品だった。

車社会の到来と時を同じくするように、四十年代に入るころには、遠く佐賀や熊本からも行商人が来るようになった。

佐賀の有明海沿岸から訪れたのは佃煮屋である。干潟に棲む小さな蟹を、殻ごと砕いて塩漬けにしたガンヅケ。それに有明海で獲れる、アミを塩漬けにしたツケアミなどを持ってくる。どれも驚くほど塩辛いが、豊饒の海の幸は病みつきになる珍味であった。

熊本からはあさり貝売り。「菊池湾の、おおきなあさりがい～」と、現在の竿竹屋よろしく、スピーカーで触れまわる声がまだ耳に残る。このころには、町の中心部に、小規模ながらスーパーマーケットのような店舗もできて、母もよく利用するようになっていた。

ずいぶん長い間、定期的にまわってきたのは富山の薬売りであった。置き薬の箱の中身を点検して、補充したり、入れ替えたりしていく。病院も薬局も早じまいだったあのころ、夜中の急な腹痛を、何度「熊胆《くまのい》」に助けられたことだろう。

忘れられない客人《まれびと》は、虚無僧と、ほいとさんと呼んでいた物乞いである。家では小皿一皿の米か、十円程度を施すことに決まっていた。三十四、五年だったと思うが、私が最後に応待したほいとさんは、母親とおぼしき人と幼い男の子の二人連れであった。

情に厚かった父方の祖母は、物乞いの人たちにいつも気前よく、たくさんの物を持たせたという。あれも、これも、と家族が呆れるほどに……。自作農とは言え、ゆとりなどあろうはずもない、つましい暮らしのなかでの人助けであった。私が、母から昔の話を興味深く聴くころには、祖母はすでに九十歳に手の届く、ちんまりと小さなおばあさんになっていた。だが、力強く生き通した証のような毅然とした風貌は、かつての女丈夫ぶりを偲ばせるのだった。

五十数年前、集落への来訪者のなんと多彩なことだったろう。そして、行商人を迎えた大人たちも、なにやら賑やかにお喋りに花を咲かせていた。話題に上るのは、その人たちが商品と一緒に持ってくる土地の話だったかもしれない。ゆったりと時間が流れ、身の丈ほどの穏やかな暮らしのある、村の風景だった。

いまさらながら、人々は肩寄せあうように生きていたのだと、蒙を啓《ひら》かれる思いがする。他人への共感や思いやり、人の善良さへの信頼など、あの時代が持ちえた心ばえは、貧しさとの引き換えであったのだろう。ある程度の物質的豊かさを手に入れたものの、あのころがメルヘンの世界に思えてしまう今の世はいささか淋しい。

ここからは蛇足ながら、昭和五十五、六年ごろ、夏休みに子供たちを連れて帰省した折のたわいない話である。

探し物のため、兄嫁と一緒に亡父が仕事で使っていた倉庫に入った。測量設計業を営んでいた父が遺した測量用のポールや機器類、図面を焼いた大型の複写機などをしんみり眺めまわしながら、ふと視線を床に落とすと、八個ほどのすいかがごろごろと転がっているではないか。形がいびつでお尻の白い、一見売り物とは思えないものも混じっている。

母が栽培しているという話は聞いてはいなかったので、不審に思い、兄嫁に訊ねた。

「(行商人たちの間に)あのおばあちゃんの所へ行けば必ず買ってくれる、という噂が立ってるらしいのよ。このあいだは、ぶどうを何箱も買われたみたいよ」

と、声をひそめる。

私は内心、思い当たるものがあったが、母に訳を訊いてみた。

「あんなにいっぱい売れ残っとったら、帰るにも気の重かろう、と思うてねぇ。つい、ぜんぶ置いていきなっせ！　て言うてしもうた」

母は人助けであったことを強調するのだが、その昔、誰か果樹園にお嫁にいってくれないかと、娘たちに真顔で頼んだほどの果物好きであった。残り物を買う理由の半分はささやかな人助けでも、あとの半分は、わが舌を楽しませたいがためだったのでは……と、微苦笑を禁じえなかった。

宇美町は東から南、そして、北の方角にも、隣町を置いて六百メートル位の山が聳えており、三方を山に囲まれた格好になっている。福岡市に向かって開けた西方面の、いわば町の入口に私の住む集落はあった。入口はまた出口でもある。しかもわが家は、メイン道路のバイパスとも言うべき小道に面していた。その出口に、奇特なおばあさんが待ち構えていてくれると思うと、果樹農家の人たちの商いの手もさぞ弾んだであろうと、思いだすたびにおかしさが込みあげてくる。

## ◆海山のあわいの町、外海《そとめ》にて

小説『沈黙』の舞台となった長崎県外海町（現・長崎市）を旅したのは、九年前のことであった。

カトリック作家・遠藤周作の代表作の一つであるその小説を、卒業論文を書くために読み、感銘を受けたという娘に勧められて私も読んだ。

異国情緒漂う、教会と坂の町——。そんなキャッチフレーズに誘われて、長崎へは若いころから何度も観光に訪れていた。だが、三七〇年ほど前のかの地で繰り広げられた、凄まじいキリシタン弾圧と迫害のさま、その下に生きる人々の苦しみを、イメージ鮮やかに描きだした『沈黙』には心を揺さぶられた。長崎の何をも見ていなかった……ような気がした。私は信仰を持つものではないが、小説の舞台——それは歴史の舞台でもある——に身を置いてみたい、という思いに駆られた。

折も折、作家の没後四年目に当たる二〇〇〇年、外海町に町立・遠藤周作文学館が開館したことを知った。翌年の大型連休を利用して、俄か遠藤ファンの母娘二人、東シナ海に面した西の果ての町を目指したのだった。

長崎は、一五七一年にポルトガル貿易港となってから、盛んに布教が行われたキリシタンの中心地であった。外海町域を含む大村藩でも、領民のほとんどがキリシタンであったという。だが、一六四一年以降、徳川幕府が推進した禁教政策によって、信徒の取締り——迫害は過酷をきわめ、多くの殉教者や棄教者を出すことになった。

物語は、島原の乱（一六三七年）の翌年、二人の若いポルトガル人司祭が、日本への密航を企てるところから始まる。島原の乱に加わったキリシタンや農民、三万五千人は皆殺しに遭い、その後キリスト教禁制はさらに強化された。もはや布教など絶望的状況の中での日本潜入だった。

海沿いの小さな村——トモギ村に上陸した、主人公・ロドリゴと同僚のガルペは、秘密組織（隠れキリシタン）の村人によって山中にかくまわれる。だが、まもなく村にキリシタン探索の役人が入った。二名の村人と五島出身の漁師・キチジローが、人質として長崎の奉行所に連行される。村人二名は踏絵は踏んだものの、キリシタンであることを見抜かれてしまった。

見せしめのため、二人は村の前に広がる海で水磔《すいたく》の刑に処される。

参ろうや、参ろうや
パライソ（天国）の寺に参ろうや……

息たえだえに歌いながら殉教した若者。それを、山中の小屋から見つめていたロドリゴは自問する。神はなぜ腕をこまぬいたまま黙っていられるのか、と。

山狩りの前夜、ロドリゴとガルペは小舟で別々に逃亡する。生月島《いきつきじま》の山中をさまよっていたロドリゴは、キチジローの奸策にはまり、数人の信徒とともに警吏に捕縛されてしまう。麓の部落はすでに焼き払われていた。トモギ村の一件と言い、すべては転びキリシタンであるキチジローの密告によるものであった。

その後、長崎の牢に囚われたロドリゴは、宗門奉行・井上筑後守——キリスト教弾圧の事実上の指導者——の取調べを受ける。彼は、この国ではキリスト教は無益であると説き、迫害に苦しむ信徒のためとして棄教を迫った。数日後、信徒たちの踏絵が行われ、拒否した一人の男はその場で斬首された。牢の窓から惨劇を目にしたロドリゴは、神の沈黙を問い続ける。

ある朝、彼は浜辺で行われる信徒の処刑を見せられた。そこには薦《こも》で巻かれた信徒数人と、平戸へ逃げたガルペがいた。信徒の哀れな姿を見せつけて、ガルペが転ぶのを待つ役人たち。突然ガルペが走りだし、海に飛び込んだ。簀《す》巻きにされた信徒たちも小舟から海へ突き落とされた。

日本人の信徒が、自分のために次々と死んでいくさまを目の辺りにして、ロドリゴは苦悩する。そして、なおも神の沈黙を問いつつ、ついには神はほんとうにいるのか、と神の存在すら疑ってしまう。

初秋、ロドリゴは市中の寺で、ある人物に対面させられた。穴吊りの拷問を受けて棄教に追い込まれた、恩師フェレイラ教父。彼は、西洋と日本の神観念の相違を語り、キリスト教はこの国には根付かなかった、と苦い諦めの心境を吐露した。ロドリゴは心の中で反駁を加える。人は偽りの信仰で自分を犠牲にすることはできない。貧しい殉教者である農民たちは、キリストの救いを信じた、強い教徒だったのだと……。そして、彼らを見棄てた自らを恥じて苦しむ。

別の牢に移されたロドリゴの耳に、とぎれとぎれに聞こえてきた鼾《いびき》の音。だが、それは、穴の中に逆さ吊りにされた信徒たちの呻き声だった。彼は懊悩しつつ、踏絵の前に立った。

〈踏むがいい。お前の足の痛さをこの私が一番よく知っている。……〉。銅版に彫られたキリストの悲しげな眼差しが囁き、ロドリゴはついに踏絵に足をかける――。

『沈黙』の文庫本をバッグに忍ばせて、JR長崎駅前から大瀬戸方面行きのバスに乗り込む。西彼杵《にしその ぎ》半島の西海岸を巡る、国道二〇二号線を北上すること約一時間、下車駅の黒崎支所に着いた。

〈外海地方は、山が急傾斜して海に落ちる斜面に立地し、良い舟だまりになる入り江も少なく……〉。資料で読んだとおり、道路の右手には小高い山が迫り、左手の海側には断崖状の山裾が続く。

平地に乏しく、天然の漁港にも恵まれない、厳しい生活環境。その下で人々は山頂まで耕したというが、山肌は豊かな緑に覆われ、段々畑はすでに元の自然に還っていた。

小さな岬の突端、ターコイスブルーの海に浮かぶように文学館は建っていた。白い瀟洒な建物のエントランスホールに足を踏み入れると、一瞬、教会に迷い込んだかのような錯覚を覚える。真っ白い壁、高窓に嵌め込まれた青いステンドグラスから洩れる、柔らかな陽の光……。

そして、復元された書斎コーナー。遠藤氏愛用の机や椅子、文具などが置かれ、壁に掲げられた大きな写真パネルから、執筆の手を休めた氏がこちらを見ていた。

常設展示では、作家の生涯とその足跡が写真パネルなどで紹介されていた。テーマ展示は、やはり小説『沈黙』の世界である。小説の直筆原稿なども観ることができた。

――遠藤周作が生涯をかけて問うた日本人とキリスト教の問題。そして、試行錯誤の末、ようやく見出すことのできた「母なるキリスト」。日本人の心でかみくだいたキリスト像は、世界へ向けて発信され広がっていった。

その解説に、私はやっと『沈黙』を読了できたような思いがした。すべてを赦《ゆる》す、優しく母性的なキリストは、日本人の心性が求めたキリスト像であっただろう。踏絵を踏んで仏教徒を装いつつ、力強く信仰を守り抜いた、隠れキリシタンの歴史がそれを物語るのではないだろうか。

「キチジローは私です」と、作家はパネルで語りかけた。キチジローは、殉教を選ぶことのできない、心弱き人間の象徴として描かれる。しかし、作家は主人公に言わせている。〈強い者も弱い者もない。強い者より弱い者が苦しまなかったと誰が断言できよう〉と。〈……こんな迫害の時代に生れ合わさなければ、多くの信徒が転んだり命を投げだしたりする必要もなく、恵まれた信仰を守りつづけることができたでしょう〉とも。問われるべきは、理不尽に魂を蹂躙した者たちである、と言うように……。

遠藤氏の膨大な蔵書を読むことのできる図書室も併設されていたが、残念なことに時間の余裕がない。しかし、一九九三年に出版されたエッセイ集『万華鏡』で、氏の楽しい文章にも親しんでいた私は、作家をより身近に感じることができて満足だった。

昼時、館内のカフェに向かっていた私たちに、つかつかと近寄ってきた男性があった。六十歳代と思われるその人は、長崎駅行きの帰りのバスの時刻を訊ねるのだが、私たちは昼食後、さらに北の出津《しっ》地区に行く予定にしていた。「受付か、事務室でわかるのではないでしょうか」と答えると、彼は「ああ、そうですね」と言いつつ、堰を切ったように話し始めた。

もう実家はないが、故郷は佐世保市とのこと。東京の某私立高校で定年まで教師をしていたそうだ。ある年の文化祭で、クラスの生徒に、隠れキリシタンの研究発表をさせたことがあった。それをふらりと見に訪れた遠藤氏が、「なかなかいいテーマを選びましたね」と、声をかけてくれたのだという。二、三年前に胃がんの大きな手術を受けたのだが、遠藤氏との縁を思いだし、再起のための第一歩としてここへ来た、という話であった。

「長崎市の本島市長が襲撃された事件がありましたが、あんな暴力事件が、この長崎で起きてはいけません」

別れ際、男性が語気強く言った。

「ほんとにそうですね」

その勢いに少々驚きはしたが、私は心から頷き返した。

長崎は原爆が投下されるという苦難にも遭った土地である。長崎に故郷を持つその人の暴力を憎む言葉は、私の胸深く落ちた。

軽食も出すカフェでは、迷わず「ド・ロさまそうめん」を注文する。ガイドブックで知った町の名物である。ド・ロさまとは、外海の人たちが今なお崇敬してやまないという、マルコ・マリ・ド・ロ神父のことだ。

神父は一八七九年、外海地方の主任司祭として赴任したが、極貧に甘んじる住民の姿に衝撃を受ける。彼らの現金収入の道を拓くべく、救済院を創設して、そうめん、マカロニ、パン、メリヤス織の製造を指導。また鰯漁の方法を教え、原野を開拓して茶園を作るなど手を尽くした。小麦の品質改善のために、母国フランスから品種を取り寄せたり、器械の購入に私財を投じることもあったそうである。七十四年の生涯の三十三年間を外海住民の心身の救済に捧げ、町内の共同墓地に眠るという。

ド・ロさまそうめんは、神父指導のそうめんを復刻したもの。運ばれてきたそれには、温かいおつゆが張られている。太めの麺はコシが強く、素朴な味わいがした。このそうめんには、ド・ロ神父の深い人類愛と限りない優しさがこもっている……などと考えながら啜っていると、胸がじぃんとしてくるのだった。

文学館に別れを告げて、出津までの十分ほどのドライブを楽しむ。

出津地区は、歴史民俗資料館やド・ロ神父記念館、出津教会、小説にちなむ「沈黙の碑」などの、文化施設が集中する所である。町はこの地区を中心に、観光地としての発展を目指しているようだ。歴史民俗資料館には、外海町で収集されたキリシタン関係の資料が多数展示されていた。

苛政と極貧にあえぐ人々を襲った、心の拠り所である信仰の弾圧……。領民のほとんどがキリシタンであった大村藩では、禁制後の取締りはひときわ厳しいものになったという。極限状況での、必死の祈りを受け止めたであろう、キリスト像やロザリオ、メダイなどと向かいあっていると息苦しいほどだ。運命を黙って受け入れて信仰に殉じ、あるいは生き延びて贖罪の念を抱きつつ秘かに信仰を守った人々。どちらにしても、その人生の何と過酷で悲痛なものであろうか。

昨日、西坂公園の日本二十六聖人記念館を訪ねた時のこと。

「なんか、つらい旅になったわね」

と、娘が漏らした。その時からこころなし口数が少なくなってもいた。

「負の歴史遺産という意味で、迫害のありのままを知るのも大事なことなんじゃない？」

同じ思いだった私は、苦し紛れに答えておいたのだが。

沈黙の碑は、海を見下ろす高台の一隅に静かに建っていた。

　人間がこんなに哀しいのに
　主よ　海があまりに碧いのです
　　　　　　　　　　遠藤周作

自然石の碑にはそう刻まれている。

『沈黙』の主人公・ロドリゴには実在のモデルがあり、作中の他の人物や事件も、おおむね史実に基づいているという。命がけの渡来を果たして、迫害に遭うことになった聖職者たち、そして、貧しい信徒たち。碑文からは、彼らの哀しみを背負う作家の慟哭が聞こえるようだった。

ロドリゴは踏絵を踏んだものの、信仰を棄てたわけではなかった。彼は、〈……今までとはもっと違った形であの人を愛している〉と告白する。どんなに過酷な拷問を加えようとも、人の内面まで奪うことはできない。それは隠れキリシタンの存在が証明してもいるだろう。愚かしく、非人道的な宗教弾圧を行った者の心の在処を、作家は深く哀しんでいるように思えてならなかった。

西の海はあくまでも碧く、めまいを覚えるほどの明るい陽ざしがあまねく降りそそいでいる。穏やかな海面にも、緑したたる山肌にも、海山のあわいにたたずむ人家の屋根にも……。しみじみと美しい風光の中に、キリシタンの受難の痕を探すのはもう難しかった。沈黙の碑だけが、虐げられた人々の言い知れぬ哀しみを伝えていた。

いささか疲れを感じた私は、すぐにでも長崎市内のホテルに戻りたかった。しかし、同じ外海町内にあることだし、ぜひとも黒崎教会に立ち寄りたい、という娘に押し切られた。ガイドブックで見た、赤煉瓦造りの建物の美しさに惹かれていたようだ。

一九二〇年に建てられたという教会は、国道沿いの切り立った丘の上にあった。赤煉瓦の外壁は、歳月が寂びた色合いに変えていて、落ち着いた端正なたたずまいを見せている。建物の周りをじっくり見たいという娘と別れて、私は入口のマリア像の近くにある石段に腰を下ろした。

急勾配の山裾に午後の海が静まっている。時折、周囲の山で鳴く鶯の声が、人気のない辺りの静寂を破った。

足下の国道を絶え間なく車が走り抜けていく。それをぼうっと眺めていると、いましがた歴史民俗資料館で電話を借り、長崎市から来るというタクシーを待たせてもらっていた時のことが思いだされた。

「何が嬉しかったって……」

と、事務室にいた年配の男性が、問わず語りに話しだした。

「そこの道路が、昭和四十五年に国道に昇格したことです。その時に、今のように立派に整備されたんですから。それは私たちの長年の悲願でした」

整備される前の県道時分は、鬱蒼と樹木の生い繁る難所があったうえ、追剥ぎまでが出没して難渋したそうだ。天候のいい日は小舟を使って海を行くのだが、それができない時は道路を使うしかなく、怖くて怖くて肝が潰れそうだったという。

福岡と長崎を結ぶ国道二〇二号線に編入されたことで、町民の長崎市や佐世保市への通勤が可能になり、ようやく陸の孤島状態から抜けだすことができた――。

バスやタクシーで走った快適なドライブウェイに、地元の人たちの切ないまでの悲願が込められていたとは、思いもかけないことだった。

昭和四十五年と言えば、日本中が大阪万博に沸いていた年である。日本が経済大国となった証として開催された博覧会であった。いつの時代も置き去りにされてきたこの地が思われ、地方にそれを強いる、この国の政治を思わずにはいられなかった。

教会は放課後の子供たちに開放されているのか、ランドセルを背負った小学生が、一人、二人と集まってくる。聖域は急に活気づき、人の温もりを帯びた。外まで響く彼らのはしゃぐ声は、長崎の歴史の重さに疲れていた私を慰めてくれる。

やがて、わあーっと歓声をあげながら、子供たちが飛びだしてきた。外遊びが始まるのだろう。あわてて靴を履こうとして、つんのめりそうになった四年生くらいの女の子が、照れたようににっと笑って仲間を追いかけていった。

凪いだ海を遠く光りながら行く船が見える。この海は、外海のキリシタンたちが弾圧を逃れて、五島列島へと漕ぎだした海である。だが、そこに待っていたのは、差別を受ける地獄のような生活だったという。少し雲が出てきたようだった。雲が陽ざしを遮ったらしく、碧い水面が大きく翳った。

**引用文献**

遠藤周作『沈黙』（新潮文庫）、新潮社、一九八一年。

**参考文献**

外海町役場編『外海町誌』、外海町役場、一九七四年。

宮崎賢太郎『カクレキリシタン』、長崎新聞社、二〇〇一年。

## ◆お正月

アメリカの金融危機に端を発した、昨秋からの世界的な経済不況。国内でも、自動車や電機メーカーでの非正規労働者の大量解雇が相次いで、職と住まいを同時に失った人たちのために、日比谷公園に年越し派遣村が開設された――。予想だにしなかった暗いニュースに胸を衝かれ、先行きに不安を募らせるなか、二〇〇九年が明けた。

元旦、と言ってもすでに十時を回ったころ、重箱に詰めるだけになっているお節《せち》の仕上げを娘に任せて、庭の郵便受けまで年賀状を取りにいく。

サッ、サッ、サッ……。箒を使う音が聞こえるので、庭木の間から覗くと、隣家の奥さんがガレージの隅に溜まった枯葉を掃いていた。

「お正月そうそう、こんなことしちゃいけないんだけどね。この子（愛犬のこと）の散歩に出たついでに……」

新年の挨拶もそこそこに、奥さんは決まり悪そうに言う。

〈怠け者の節句働き〉のことを指しているのだろう。人が休む時になって働く者を嗤い、日頃の勤勉と心がけの大切さを説く諺《ことわざ》。私より四、五歳年長と聞く彼女も、格言や諺でしつけられた世代なのだと、なんとなく親しみが湧いた。

奥さんは老いた犬との二人（?）暮らし。息子さんや娘さんの家族は三日に揃うことになっているそうで、お節料理の煮物などはこれから取りかかるという。

「お節作りも面倒よね」

と、奥さん。

「ほんとに……。お正月と言っても、そうおめでたくもありませんしね」

フェンス越しに、私はそんな相槌を打って別れた。

近所の家々は固くドアを閉ざして、通りはいつにもまして静まり返っている。子供たちのはしゃぐ声もない、古い住宅街の元日の風景である。わが家も、長女一家が年始に訪れただけの静かな年明けだった。

けれども、私はひっそりと過ごす正月があんがい好きなのだ。日常の雑事から解放される静謐な時間は、亡き人や、遠く離れた、もう逢うこともないだろう人たちのことがしみじみと思われる。とりわけていい思い出ばかりが去来するのも、穏やかな気持でいられる正月ならではであろう。正月から兄弟喧嘩をしていると、一年中喧嘩することになる――。幼いころに母から諭されたものだが、正月は美しい気持で迎え、人に相対するものという教訓は、誰の心にも養われている。

のんびりしているうちに、松の内も終わりとなった。鏡餅を開く男手のないわが家では、二、三年前から普通の丸餅を重ねて供えることにしている。ユズリハなどの縁起物もない、ささやかすぎるお鏡に、歳神様もさぞ呆れておられることだろう。床の間や仏壇に供えた餅は、冷蔵庫で保存しておき、十五日に「だんだら粥《がゆ》」にしていただく。

だんだら粥は、夫の故郷である久留米市など、福岡県南の筑後川流域で食べられる小正月の儀礼食である。沸騰し始めた小豆飯に、小さく砕いた餅を載せておくのだが、炊きあがったころには餅は軟らかく、ご飯と絡みあうまでになる。この時、小豆飯の中に差し込んでおいた竹筒の中の飯粒の入り具合で、その年の作物の吉凶を占うそうだ。

初めて里帰りした正月に、姑が「少し、早いけれど」と作ってくれてから、夫の好物だったこともあって欠かさず食膳に載せてきた。リウマチを患い、餅を砕くことができなくなってからは、あらかじめ電子レンジで軟らかくしておくという横着をしているのであるが……。

故郷を離れた、と言うより、捨ててしまった私たちは、小正月のだんだら粥にその匂いを嗅ぎ、自分たちの根っこを確かめてきたような気がする。

福岡地方では、水餅と言って、餅を水に漬けて保存する習慣があった。昔は、餅は正月の大切な食物であり、三月ごろまで食べられるよう大量に搗いた。その餅に黴《かび》を生えさせないための古くからの知恵である。

毎年母は、三が日が過ぎると急いで大きな甕《かめ》に水を張って、残った餅を漬けた。九州でも日本海側に位置する福岡の冬は寒く、戸外の物置に置いた甕の水には一晩で薄氷が張る。冷たい水を毎日取り替えるのは、さぞ大変なことだったろうと、数回、それもしぶしぶ手伝ったにすぎないわが身を反省するばかりだ。

そして、この時期になると必ず現れる訪問者があった。斜向かいに住む父方の祖母である。

「餅は、もう水に漬けたな?」

着ぶくれした丸い背中はいっそう丸く、よちよちした足取りながら、祖母は年に一度、三男の嫁である母に姑風を吹かせにくるのである。

「はい。ちゃんと漬けましたよ」

そんな返事を聞いて、安心したように帰っていくのだった。母はその後で、「わたしも、もう五十を過ぎとるとにね」と、おかしそうに笑っていたけれど……。

生涯の大半を、飢餓と隣りあわせの厳しい時代に生き、家族の命を守ることに心魂を傾けてきた祖母にとって、貴重な餅を粗末にするなどあってはならない行為だったのだろう。水餅の時期になると、体に染みついた、家刀自としての自覚や気概といったものが呼び覚まされるらしかった。二人の儀式のようなやりとりは、祖母が九十三歳で亡くなる年の正月まで律儀に続けられた。

お節料理を作るのも面倒、などと口にする私。高度成長期の只中で家庭を持ったのだが、ひもじさとは縁のなかった恵まれた時代は、確実に主婦力を低下させたようだ。

しかし、今回の世界同時不況のニュースにはいろいろと考えさせられた。経済大国を誇ったのは過去の物語になりつつある今、素朴な生活ながら、それを味わいつつ丁寧に暮らした、祖母や母の世代に学ぶことも多いのではないだろうか。私たちが時代遅れと切り捨ててきたその暮らしぶりには、思いがけず心豊かな世界が開けているかもしれない。

鏡餅を下げて、注連《しめ》飾りを外し、正月用の什器も片付け終わってほっとしていた七日の夕方、保育園や学童保育所帰りの孫たちがやってきた。母親の出勤に合わせて、彼らも五日から三学期が始まっているのである。

近頃、とみに舌の回るようになった二歳半の女の子が、部屋に入るなり、大きな目をくるくるさせて私に報告する。

「かみさま、きたの！　かみさま、きたの！」

娘の補足によれば、初登園の五日の日、逆井囃子《さかさいばやし》保存会の人々が新年のお祝いにと獅子舞を舞ってくれたのだという。ところが、二歳児クラスの子供たちは初めて見るお獅子を怖がって泣き叫び、保育室はパニック状態に陥った。そこで先生が一計を案じて、あれは神様なのよ、と言い含めおかれたそうだ。その上で、七日に改めて獅子舞の訪問があったというわけである。ただ、先生の苦肉の策が功を奏したのかどうか、肝腎のところは娘も聞き漏らしたそうであるが。

「そう。よかったわねえ。神様がみえたの。今度は頭を噛んでもらえたかな?」

子供たちに正月の伝統行事を体験させてあげようと、寒い中を骨折ってくださる方々に感謝しつつ、孫の頭を撫でていると、孫はまた目をまん丸くして言った。

「かみさま、こわいの！」

## ◆泥に祈る人々

光の春……二月。生命感に溢れた、明るい光の季節は、泥んこ裸祭りの季節である。四街道市和良比《わらび》地区で行われる「和良比大六天《だいろくてん》の裸祭り」、通称「泥んこ裸祭り」を取材したのは平成五年のことであった。

総武本線・四街道駅の駅舎を出て、整然と並ぶ住宅の屋根群を見渡したときは、一抹の不安がよぎったものだ。こんな新しい住宅街に、ほんとうに裸祭りが伝承されているのだろうか……。

祭日に定められた二十五日は晴天ではあったが、春とは名ばかりの風の冷たい日だった。しゃれた造りの家並みの間をしばらく歩くと、住宅街のゆるやかな下り坂の尽きたところに、会場となる広場が見えた。祭りが行われるのであろう神田《しんでん》の周りには、たくさんの見物人が集まっていて開始を待ちわびている様子だ。駅前で抱いた不安は解消して、ほっと胸を撫でおろした。

広場の奥に黒く聳えるのは、皇産霊《みむすび》神社の森であろう。裸祭りは同社の神事であれば、まずは参拝をと、急な石段の続く参道を上る。

　こぢんまりとした社の前の、これまた狭い境内は、白い締込み姿の男たちや氏子の人たちでごった返していた。燃え盛る焚火を囲んで寒さを凌ぐ彼らの会話は、ほとんど怒鳴りあいのよう。すでに祭りの興奮は全開状態である。

　裸祭りは、古くは皇産霊神社に合祀されている大六天社の祭りであった。四百年の歴史があるというが、今日では謂われなどは分からなくなっており、五穀豊穣と子供の無病息災を祈願する祭りとして伝えられている。

　和良比の旧村地域、約五十戸の氏子によって受け継がれてきた。だが、時代の趨勢には抗えず、祭りの担い手は減少する一方で、同年、市の協力のもとに保存会が立ちあげられた。参加者は公募による、神社とは縁のない人が多数を占めているということだ。関係者はなんとか祭りを存続させようと頑張っておられるのだろう。

　保存会長さんは、わたしの子供のころ（昭和初期）は、子供から青壮年、老人に至るまで、村中の男が総出で盛りあがったものです、と当時を懐かしまれた。

　午後一時、四十名ほどの祭りの参加者が拝殿の前に勢揃いした。いよいよ泥んこ裸祭りの幕開けである。

お神酒で乾杯した後、全員が拝殿の前に張られた太い注連縄から藁を抜き取り、各々の鉢巻に挿した。そして、神社の下にある神田に向かって一斉に走りだした。先頭を走る人は、おくるみに包まれた赤ん坊を抱いている。私も急いで後を追った。

神田の一角に祀られた御幣《ごへい》は、前日に奉持された皇産霊神社の分霊だという。田に入った人々は、鉢巻の藁すぼを取って泥の中に挿し、田植えのしぐさをした。藁を稲の早苗に見立てての田植え――。裸祭りは、模擬の農作業をして、神と共に稲の豊作を願う予祝（前祝い）神事である。

赤ん坊を抱いた人は、子供の額に、苗代わりの藁すぼで田の泥をほんの少し塗った。土の霊力にあやかる厄除けのお呪いである。子供の方はおっとりと眩しそうに薄目を開けて、されるがままなのが愛らしかった。

お百度参りと称する、神社と神田の往復を三度繰り返した後、田の中で厄除けの泥のかけ合いが始まった。祭りの参加者もこのころには寒さにも慣れたのか、威勢がいい。地元の銀行員などサラリーマンが多いと聞いたが、色白で細身の、いささか頼りなく見える人が目立つのはしかたのないことだろう。

やがて騎馬戦に移り、皆が童心に返ったようにはじけて、泥と戯れる。泥を讃え、泥に祈る祭りのまさにクライマックスである。ぬかるむ田に足を取られて倒れ込んでしまい、泥人形と化す人も出てきた。

そのうち、見物人にも泥をつけ始めた。ありがたい泥のおすそ分けである。人々は悲鳴をあげながら、四方八方へ逃げていく。重いカメラを首から提げていた私は、逃げ足遅く、頬にべっとりと塗られてしまった。お百度参りのときに乳児を抱いていた人だ。〈さっきは赤ちゃんの顔をわざわざこちらに向けて、撮影に協力してくれたのに……。船橋まで電車で帰らなくちゃいけないんです。困りますよぅ！〉

してやったり、とばかりに笑っているその人を前に、心の中で泣き言を並べてみたがもう遅い。だが、同時に何かわくわくするものを抑えきれなかった。祭りを担う人たちとのこの一体感こそ祭り見物の醍醐味なのだ。それに泥のご利益で、一年が息災で過ごせるなら結構なこと……にちがいない。

身の周りから徐々に農地が消えて、農作業はおろか、泥のついた野菜を見る機会も少なくなった。スーパーの棚に並ぶ、ポリフィルムに包まれたきれいな農産物は、それが土の恵みであることをつい忘れさせてしまう。泥にまみれてそれらを作る、農家への想像力までも失わせるようだ。

夏が巡るたびに、私の脳裏によみがえる光景がある。炎天下での田の草取りを終えた本家の伯母が、わが家の座敷で仮眠する姿である。座敷は、午後になると博多湾から吹く風がよく通って、休息するには格好の場所であった。

田んぼの水は熱湯のようだった、と話すのを聞いて、子供心にも農作業の厳しさを思わずにはいられなかった。つらい労働を忍んだ体を横たえて、手枕でまどろむ伯母。そっとその姿を覗《うかが》っては、切なさとも痛ましさともつかない気持に襲われたものだった。

氏子でもなく、農業を生業とはしない人たちによる祭りは、形骸化していると言えるかもしれない。しかし、泥んこ裸祭りは、私たちの命を養う食べ物はまぎれもなく土が育んだもの、という事実を明快に突きつけてくる。

土の力を畏れ敬い、それに感謝する人々がいて、その人たちの労苦の結実を日々口にしていることにも思い至らせてくれる。祭りの存続を願う関係者の思いは、土に生きる人々の心を次代に引き継ぐ決意でもあるのだろう。ちなみに、神田は市の教育委員会が借りあげて、小学生に米作り体験をさせているという。その一環だったのか、大勢の子供たちが祭りを見学していたが、泥に祈りを捧げる人々のあることを、しっかり胸に刻んでおいてほしい、と願わずにはいられなかった。

人目を避けながら、懸命に頬の泥を拭き取る帰り道であった。なだらかな坂道を上り切ったとき、ちょっと取り澄ましたような新しい街並みを振り返った。

かつてそこには見渡すばかりの水田が広がり、穏やかな田園風景を望むことができたのだろう。田植えどきには、苗運びの子供たちが畦道を行き交い、村人が総出で早苗を植えた。そして、収穫の季節。秋晴れの空の下、ずっしりと実りの手応えを感じながら、稲刈りに励む人たちの姿があった。小さな神社を真ん中にして、泥んこ裸祭りに互いの絆を深めあってきたであろう村……。

その面影を探すように、私は佇んだまま、しばらく街の景色を見つめた。

**参考文献**

高橋秀雄・渡辺良正『祭礼行事・千葉県』、桜楓社、一九九二年。

## ◆鬼舞《おにまい》の里

地獄の釜の蓋も開く、お盆の八月十六日。閻魔《えんま》さまに参詣するこの日は、鬼さえも罪人を呵責しないという。

だがこの日、横芝光《よこしばひかり》町虫生《むしょう》集落では、閻魔大王や奪衣婆《だつえば》、赤鬼、黒鬼といった地獄のスターの面々が、亡者の生前の罪業を審判して、責め苛むことになっている。同集落に鎌倉時代から伝わる民俗芸能、「鬼来迎《きらいごう》」の話である。

地獄のさまを再現してみせ、さらに仏の功徳を説いて仏教への帰依を勧める、布教のための劇なのであるが、里人はこれを「鬼舞」と呼びならわして、先祖代々、手塩にかけて守り継いできた。

記録的な冷夏となった平成五年。鬼来迎を見学した日も薄曇りで妙に涼しい、およそ夏らしくない天候であった。

やはり稲の花付きが悪いみたいね、などと同僚のN子さんと話しながら、稲葉の伸びそろった田を左右に見て虫生集落をめざす。鬼来迎が行われる広済寺《こうさいじ》は、青い稲田に埋もれるようにして建っていた。

横芝光町は千葉県北東部に位置し、南は太平洋に面して海岸が開けている。そして、虫生地区は、平坦な田畑の中に農家が点在する、ごくありふれた農村である。鬼来迎が行われる日、この静かな里は県の内外から訪れる見物客で一挙に華やぐ。

寺の小さな仁王門をくぐると、境内の右手には、間口十メートル、奥行五メートルほどの野外舞台が設えられていた。鉄パイプで組んだそれは、まだ青臭さの匂う、伐りだしたばかりの枝葉で覆われている。舞台装置は、後ろに背負った小高い山に溶け込んで、すでにおどろおどろしい雰囲気を作りだしていた。

劇が始まるのは午後三時半ごろとのこと。開始までの少ない時間を、あらかたの準備を終えた集落の人に話を伺う。祭りや伝統行事を取材する時は、さぞご迷惑だろうなぁといつも逡巡するのだが、気持を奮い立たせて聞き取りをし、間近で写真を撮らせていただく。幸い、虫生の皆さんは快く応じてくださった。

虫生地区の全戸数は二十六戸（当時）である。そのうち寺と女性だけの世帯を除く、二十四世帯の後継ぎ（成年男子）全員がメンバーとなって、鬼来迎保存会を結成し、継承しているという。婿養子の人であっても例外ではない。

劇の演者や囃子方、舞台架けや衣裳・小道具類の整備にいたるまで、すべてこの人たちの手で行われる。それぞれの役の先代が演技指導を務めているそうだ。

資料によれば、劇中、小学校低学年くらいの子供が六、七人ほど登場するシーンがある。「その子供たちはどうするのですか?」と訊ねた年若いN子さん。少子化の進む近年、集落内で人数が揃うかどうか、との意味だったのだが、「自分たちで作るんです!」と返されて困っていた。子供たちには後でご褒美が渡されるという。

そうこうするうちに開演時間が迫った。

舞台下手の、青い枝葉で覆われた櫓《やぐら》の陰から、ジャランジャランと鐃鈸《にょうはち》(シンバルに似た楽器)の音が響き、「ホッホッホー」の怪しげな奇声が聞こえて、いよいよ開演だ。

不気味な死面をつけた着物姿の亡者が二人、音もなく舞台の四方に塩を撒いて、舞台清めをした。そして、地獄の冥官たちの登場である。

金冠を戴き、いかめしい顔貌の巨大な仮面をつけた閻魔大王。束帯ふうの衣裳に笏《しゃく》と筆を持ち、大きく足を回して悠々と四方を踏みながら、舞台正面の床几《しょうぎ》に腰を下ろした。

続いて、長い垂れ鼻の奇怪な仮面の倶生神《くしょうじん》。こちらは書記役であれば、右手に持った筆で、左手の笏に文字を記す真似をする。倶生神が床几に座ったところで、ばたばたと荒々しく登場したのは、三途の川のほとりで亡者の着物を奪い取るという奪衣婆。恐ろしい形相の鬼婆面をつけ、茶色い髪を振り乱しながら、見物人をキッと睨むなどして大王の隣に座る。

ここで劇は一旦休止し、鬼婆に赤ん坊を抱いてもらう、疳《かん》の虫封じの行事が行われる。二十人ほどの赤ちゃんが鬼婆に抱かれ、威嚇されて見事な泣きっぷりを見せた。子供の健やかな成育を願う信仰行事がさりげなく織り込まれているのも、いかにも手作りの村芝居という感じがして楽しい。

次いで「ホッホッホー」の奇声を発しながら、黒鬼と赤鬼が躍り出て、地獄のスターの勢揃いである。

そこへ額に白い三角の布を当て、白い着物を被《かず》いた女の亡者が、よろぼいながら登場。怯えた様子で、倶生神の前に引き据えられた。

「倶生神、鉄札の面、ようく改め見よ」

閻魔大王の命令で、倶生神は浄玻璃《じょうはり》の鏡を取って亡者の顔を映す。

「鉄札の面、浄玻璃の鏡にかけ改め見候ところ、娑婆国中の大悪人なり。やあやあ獄卒ども、この罪人しばらく獄舎へ押し込めおけ。追って沙汰に及ぶものなり」

倶生神の大声に応じて、鬼たちが亡者に跳びかかり、連れ去った。追うように、鐃鈸や戸板を叩く音、喚声などの騒々しい囃子が入って、一幕目、閻魔の庁のシーン（「大序」と呼ぶ）が終わる。

やがて舞台は、物寂しい「賽《さい》の河原」の場面に一転。

一つや二つ三つや四つ、十より下の幼子が小石を集めて塔をくむ、一重積んでは父のため……

忍びやかな和讃の声と鉦《かね》の音が響く中、かがんで小石を積む、三角頭巾に白装束の子供の亡者たち。

と、突然、赤鬼と黒鬼が怒声をあげながら跳びだしてきて、亡者たちを脅して捕らえようとする。

亡者が逃げまどうところへ現れた地蔵。その背に隠れた彼らをかばいつつ、錫杖《しゃくじょう》を振るって鬼を打ち払った。そして、おもむろに子供の一人を抱きあげ、その腰にとりすがって数珠繋ぎになった他の亡者たちを従えながら、静かな足取りで去っていく。その間、嫋々《じょうじょう》と流れてくる和讃の声。

南無阿弥陀仏、阿弥陀仏、裳裾を給えよ地蔵尊……

観る者の胸に迫るような美しいシーンだ。

さて三幕目は、鬼婆や鬼たちが亡者を釜茹でする地獄のシーン。四幕目に変わってもなお、亡者を呵責する凄惨な情景が展開される。

舞台下手の枝葉で覆われた櫓は、「死出の山」の見立て。

「よしよし、死出の山の呵責いたそうか」

鬼婆に脅されて追いあげられた亡者が、はしご伝いに山を登る。と、山の上から姿を現した黒鬼に、大きな石で押し潰されて口から血を流し、あげく地面へと突き落とされてしまう。

そこへ錫杖を手にした観音菩薩が出現する。黒い菩薩面に墨染めの衣をまとった、すらりとした立ち姿は彫刻の仏像そのもの。気高い雰囲気すら漂うようだ。凛とした口調で、亡者を救うべく鬼たちと対決する。

「堂塔仏閣に一度の参詣もなく」「空しく、財色滋味を貪るばかりなり」などと、亡者の生前の罪業を述べ立て、「自業自得の理」と言いつのる鬼たち。

観音菩薩は、自分は衆生の苦患を引き受けるためにいる、と仏の功徳の偉大さを諄々《じゅんじゅん》と語って鬼を説き伏せる。そして、亡者を連れゆっくりと退場――浄土へ導くという結末だ。

最終シーン。亡者と引き換えに残された卒塔婆を、黒鬼が悔しがって引き抜く。

「亡き人の今は仏となりにけり、名ばかり残す苔の下露、さては成仏いたせしか」

言い終わるや塔婆を投げ捨て、怒号を発する――。

村人の熱演に、境内を埋めた観客から拍手が沸いた。冷夏とは言え、月遅れの盆の午後である。さすがにじっとしていても汗ばんでくる。大きな仮面をつけ鎧《よろい》を着込んで、舞台狭しと跳ねまわった鬼役の人のご苦労はいかばかりであったか、と思いやられた。

上演時間は四幕で四十五分ほど。場面構成が巧みで、わかりやすく楽しい宗教劇は、遠い昔の境内の光景を髣髴させるのだった。

目の前で生々しく繰り広げられる地獄のシーンに、その恐怖を囁きあい、仏の慈悲に涙する見物人たち――。鬼舞は近隣の村人にとっても貴重な娯楽であったろう。「子供のころ母親に連れられて、隣村から山越えをして観にきたものです。お盆のなによりの楽しみでした」。私の隣にいた六十代の男性はそんな話をしてくれた。

視覚的にも一幅の絵画を観ているような美しさ。素面に白い着物を被く亡者が、その中に穿くのは赤いタッツケ袴。菩薩の黒い法衣の裾から覗く白い脚絆など、洗練された色遣いの衣裳が背景の緑によく映えていた。それに魅せられてか、観客の中には三脚を構えるカメラマンの姿が目立った。登場人物の動かし方など演出もよかったが、すべては幾星霜を数えきれない人の手で磨かれてきた成果であろう。

鬼来迎の基になったのは、平安時代、恵心僧都源信によって始められた「迎講《むかえこう》」と考えられている。迎講は、臨終の際に阿弥陀如来が来迎して、死者を極楽浄土へ導くさまを演じてみせる法会であるが、そこに中世期の文芸や狂言に登場した地獄描写が加えられたのではないかと、研究者は推測している。

大和の地から伝播した迎講は、鬼舞と呼ばれる宗教劇に形を変えて、利根川沿いの下総町（現・成田市）、小見川町（現・香取市）などでも行われていたという。それぞれの町の浄土宗寺院に、古い仮面や台本が残されているそうだ。ただ虫生の里だけが、一度も途切れることなく、二十一世紀の今日まで継承しえたのである。代々の村人の熱い思いと、計り知れない努力がなさしめた偉業にほかならない。この珠玉の民俗芸能は、昭和五十一年に国の重要無形民俗文化財に指定された。

　この七月末、鬼来迎保存会の世話役の方に、今年の様子を電話でお訊ねした。戸数など、大勢にほぼ変化はなく、後継者もちゃんと育っているとのことであった。

　十六年前、賽の河原のシーンで小石を積んでいた子供たちが、今は中軸メンバーとなって鬼来迎を支えているのであろうか。小さな額に白い三角の布を当てて、しっかりと亡者を演じていた可憐な姿が思い浮かぶ。

　鬼婆に抱かれた赤ん坊のころ。やがて小学生になって舞台の子役を務め、青壮年時代は劇の担い手となり、老いては後進の指導にあたる――。先祖の心を共有しつつ、村の財産とも言うべき鬼来迎を守り続けることは、虫生の人々の幸せに繋がっているのかもしれない、と思えてくる。「後継者もちゃんと育っております」と話された電話の向こうの声は、どこか誇らしげに聞こえた。

**参考文献**

深田隆明編『重要無形民俗文化財　鬼来迎』、鬼来迎保存会、一九七九年。

## ◆子安《こやす》の石

ふるさとの宇美町に鎮まる宇美八幡宮は、古くから安産や育児の守り神として崇敬を集めてきた。

その昔、懐妊したまま新羅《しらぎ》平定を遂げた神功《じんぐう》皇后が、帰国後、この地に産所を設けて応神《おうじん》天皇を出産し、地名を宇美とした――。信仰は、『古事記』や『日本書紀』に記述された応神天皇誕生伝説に由来して育まれてきた。境内には、「子安」を冠した、安産信仰にまつわる事物も多い。

ご神木である槐《えんじゅ》は「子安の木」と称される。皇后は槐の木の枝を手折り、その枝にすがってお産をした。後に、その枝を逆さにして地面に突き刺しておいたところ、それが根づいて現在のように大きく生長したという。

安産のお守りである「子安の石」。産婆を務めた人物を祀る湯方《ゆかた》神社の前、玉垣で囲んだ中にうず高く積まれている。安産と生まれてくる子供の成長を願う人は、この中の石を一つ持ち帰る。無事出産を終えたら、別の新しい石に生児の名前と性別、住所などを書き、預かった石とともに返す慣わしになっている。

春四月、二年に一度行われる御神幸祭《しんこう》は、「子安祭」と呼ばれる。七、八百メートルほど離れた山の麓にある頓宮《とんぐう》まで、神輿が渡御する。私も六十年近く前、稚児として神輿行列に連なった。稚児を務めるのは、七五三のような成長の節目の祝い事だったのだろう。古い写真には、めったにわが家を訪れることのなかった母方の祖母が、かしこまった面持ちで付き添っている。

子安の名称こそないが、社殿の左隣に亭々と繁る、樹齢千年以上の大樟《くす》「湯蓋《ゆふた》の森」も伝説に関わる霊木である。いわく、長く水平に伸びる繁った枝が、産湯をつかう応神天皇の湯船を蓋のように覆った——。

周囲十五、六メートルもある幹、小獣の蹲る姿にも似た大きな瘤《こぶ》をなす根。巨大な幹と根に支えられて、天空を覆わんばかりに枝葉を繁らせるさまはじつに壮観だ。悠久の時を生きてなお、生命溢れる大樟を振り仰ぐたび、畏敬の念を抱かずにはいられない。

安産祈願やお宮参りに訪れた人々は、この巨樹に重ねあわせて、幼子の健やかな成長と長寿を祈るのかもしれない。

伝説にまつわる大樟はもう一本ある。湯浴みの際に産着を掛けたという、幹周り二十メートルの「衣掛《きぬかけ》の森」。しかし、落雷や根元にできた大きな空洞の影響で樹勢は衰えてしまった。神社の北の隅にある湧き水は「産湯の水」という。

信仰の対象ではないが、境内の茶店で売る神社の名物は「子安餅」。小豆餡を米粉で包み、型に入れて焼いた素朴な菓子である。白くぽってりと厚い皮が、赤ん坊の柔らかなほっぺを思わせるようだ。

新しい命を宿した、優しげな表情の女性や、喜びに満ちたお宮参りの家族に出合うふるさとの神社……。参拝した時は、いつも幸せのおすそ分けに与ったような、ほのぼのと暖かい気持にさせられる。

入退院を繰り返すようになった高齢の母を郷里に見舞った折、私は久しぶりに宇美八幡宮に詣でた。初めての子供を身ごもった長女の安産を祈願したい、と思ってのことだった。私が長女を妊娠した時は、母が遠く離れ住む娘の体を気遣う手紙を添えて、神社で授かった安産の守り札と腹帯を送ってくれた。そんなことを思い起こしながら、神殿に手を合わせる。

返しにこられるかどうかわからないが、子安の石をいただいて帰ろうと、社殿の裏に回った。境内は、二本の巨樹のほかにも四十本近い樟の大木が茂りあっていて、昼間でも仄暗い。その中に浮かびあがった子安の石を見て、目を見張った。私の子供のころ、奉納場所は玉垣で囲った一メートル四方のものだけであった。だが、さらに幅一メートル、長さ三メートルほどのブロック製のそれが、二つも増設されていたのである。奉納された石を見て、再び驚かされた。表札用の石だろうか、長方体の石がごろごろと混じっている。小ぶりの墓石のようなものまである。

昔は子供の掌に載せられるくらいの丸く平たい石ばかりだった。民間信仰では、小さな丸い石は産神《うぶがみ》のご神体や依代《よりしろ》と考えられているそうだ。産神は出産の前後を通じて、妊産婦と生児を守ってくれる神様である。子安の石もそうした古い信仰に基づくのであろうが、ずいぶん様変わりしたものだなぁと感じ入りつつ、掌の窪みに納まるほどのかわいらしい石を選んだ。福岡市で誕生した男の子の名前が記されていた。

帰途、安産のお札を受けるべく授与所に立ち寄る。

「湯方神社のご祭神はどなたなのでしょうか?」

前々から気になっていたことを訊ねてみた。

「さあー。わたしも、お産婆さんとだけしか聞いていません。ここにいる者の中にご神体を見た者はおりません」

若い禰宜《ねぎ》さんは答え、私が手にした子安の石を見て、にこやかに言った。

「清浄な河原などで拾われた小石を返してくださいね」

それを聞いて思い当たった。いまどき、身近に清流や清浄な河原を見つけるのは難しい。あったとしても、護岸工事が施されていて容易に近づけるものではない。あの表札用の石は、当節の親御さんたちの窮余の一策として登場したのではないだろうか。

同時に甦ったのは亡き父から聞いた話である。昔話をすることはめったになかったが、子供のころの遊び場だった神社のことは、時折思いだしたように聞かせてくれた。

明治四十一年生まれの父の子供時分であるから、九十年以上も前のことだ。交通手段が限られ、徒歩に頼らざるをえなかった時代のこと。必死の思いで子安の石を授かりにきても、返す人は少なかったのかもしれない。減少する一方の石に、宮司さんから頼まれることがあったという。

「おーい、おまえたち！　そこの河原できれいな小石を拾ってきてくれ」

そこの河原とは、神社の北側、百二、三十メートルの所を流れる宇美川の河原である。町の東部に連なる山系を源とする宇美川は、昔は蛍の名所とされた、清らかで風光明媚な流れであったと聞く。

翻って、モータリゼーションの発達で、気軽に返しにくることができる現代の交通事情。その結果が奉納場所の増設になったのではあるまいか。

苔むした古い玉垣の底には、少年だった父が拾い集めた石が眠っているかも……。ふと父懐かしさに襲われて、子安の石の所に引き返した。

木の下闇の中に鎮まる、累々と積み重なった石は、新しくこの世に送りだされた命そのもののようだ。わが子の一生の幸いなれと願う、親のひたすらな祈りと希望の形にも見える。四角い石もまた、親心の表象にほかならない。時代を超え、世相を映しながら継がれていく祈りに粛然とさせられた。

宇美八幡宮のご加護と子安の石のおかげか、娘のお産はごく軽くてすんだ。生まれてきたのは、少々小柄ながら、よくお乳を飲む元気な男の子だった。

母は、私の孫と代わりあうようにこの世を去った。亡くなる一年半ほど前、長女と八か月になった孫と一緒に見舞う機会があった。老衰の進んだ母は、もう曾孫《ひまご》を腕に抱くことはできず、旺盛に動きまわる姿を眩しそうに眺めるばかりだった。それでも母の膝の上に這いあがった赤ん坊が、しきりに笑みかけた時は顔をほころばせた。

「あの世の人間みたいなこんな婆に、笑うてくれるとね」

老いて、滅びゆく命と、生まれ出たばかりの命が響きあった刹那であった。厳かさとひそやかな哀しみを湛えた、命の交代劇のようなその光景を、私はいまだに忘れかねている。

母の一周忌法要に出席した折、娘夫婦は埼玉まで出かけて探してきたという小石とともに、子安の石を返しにいった。

# ◆鯉捕り・まあしゃん

七月半ばの晴れて蒸し暑い日の午後だった。診察室のブラインドの隙間から、強い西日が洩れていた。T医師は、私と付き添った夫に血液検査の結果報告書を見せながら、さりげなく言った。

「リウマチですね。病状は中の上程度。これまで相当痛かったはずですよ」

動揺の色を隠せないでいる私たちへの配慮からか、医師の口調は終始、穏やかであった。

特効薬はなく、完治は望めない。数種類の薬を使って、少しでも普通の生活に近づけるようコントロールしていく。軽い家事はしてもいいが、決して無理をしないように――。治療方針などの説明を、私はどこか他人事のように聞いていた。

体の変調を自覚したのは、もう一年以上も前のこと。手足の関節の痛み、異常なほどの体の冷え、激痩せ……。只事ではないと感じつつも、千葉県史料研究財団の勤務を続けていた。だが、次第に重い書籍を持つのがつらくなり、カラ元気を出す気力もなくなって、半年後に退職した。それから十か月ほどもたった翌年の七月初め、家族に叱られるようにして、ようやくリウマチ専門医を受診したのだった。

突然の病、それも難病の発病は、五十代に入ったばかりの私を打ちのめした。後半生が断ち切られたような絶望感に襲われた。土地の守り神のような巨樹に逢う旅がしたい。お年寄りが語る人生の物語の聞き書きもしたい……。ずっと温めてきた退職後の夢も、一瞬でついえた。痛みや体力の衰えは気持まで弱らせ、この先、自分はどうなっていくのか、という不安にも苛まれた。

「鯉捕り・まあしゃん」に再会（?）したのは、そんな時だった。

薬を服《の》むためにとっているような、味気ない朝食を終えて新聞を開く。社会への関心も失って、ぼんやりと紙面を眺めていた私の目は、ある記事に吸い寄せられた。

〈川、カッパ、そして町〉。七段抜きのコラムは、福岡県浮羽《うきは》郡田主丸《たぬしまる》町（現・久留米市）が作った町誌を紹介していた。

〈筑後川中流の左岸に位置し、町の中央を支流の巨瀬《こせ》川が流れる同町。川は住民の生活に密接に関わっており、人々はこよなくカッパを愛する。町の制度史ではなく、地域の人々の生活史にしよう。そんなユニークな編集方針のもとに作られた町誌は、川に目を据えて、川と地域の繋がりを生き生きと描きだしている〈筆者要約〉〉。

驚かされたのは、記事に登場する鯉捕り名人の「まあしゃん」である。その名前は幻のような遠い記憶を呼び覚ました。

昭和二十年代。子供だった私たちは、ひたすら自然と遊び暮らした。春にはれんげ草、秋には彼岸花を摘んで首飾りや冠を作る。それを首にかけ、頭に飾れば、たちまちお姫様気分。大葉子《おおばこ》の茎を絡ませて引っ張りあえば相撲が取れる。硬くて靭そうな茎を、友と競いあって探した。玩具らしいものはなかったが、毎日が楽しくてしかたがなかった。

魚捕りの上手な男の子たちと、魚を捕りにいくこともあった。用水路に下りて、エビジョーケ（塵取りのような形をした笊）を土手に押し当てる。そのまま水中で揺すっていると、細い泥鰌《どじょう》や小鮒《こぶな》の二、三匹が入るのだ。獲物を見せると、大人たちはからかうように褒めてくれた。「鯉捕り・まあしゃんのごたるね」と。

まあしゃんって誰だろう。昔話に出てくる力持ちの大男か？……。

誰かに訊ねることもなく、やがて中学生になり、高校生になって、その名前はすっかり私の頭から消えた。

懐かしいまあしゃんの名は、子供のころに時間を巻き戻した。久しく思い返すことのなかった、自然の懐で遊びほうけたころのこと。ただ楽しく、満ち足りていて、心にはなんの屈託もなかった……。優しい記憶は、失意のどん底の私の心をそっと抱きしめ、慰撫した。悩みを押し流すように、温かいものが胸の中に溢れていった。

かつて御伽噺の中の住人かと訝ったまあしゃんは、実在の人だった。だが、素潜りの名人として、伝説を生きた人物であったという。その人物像が知りたくて、すぐに『田主丸町誌』を購入したのは言うまでもない。

まあしゃんこと上村政雄《うえむらまさお》氏は、大正二年、田主丸町の油屋に生まれた。田主丸に生まれ育った他の男の子同様、彼も日がな一日、巨瀬川で魚捕りをして遊んだ。

七歳の時に父親を亡くし、十二歳で町内の米屋の小僧として働き始める。少年は米俵を担ぐ重労働の日々にあっても、魚を捕る楽しみは決して手放さなかった。十六歳のころには、狙った魚を思いのままに捕れるほどになり、異才を現す。

そのころ、頼まれて筑後川での漁を手伝うが、専業の川漁師は彼の技量と漁獲量に圧倒されたという。それを機に、筑後川で遊ぶようになったまあしゃんは、自ずと伝統漁法である「鯉抱き」を会得し、いつしか筑後川での魚捕りが仕事になった。当時すでに、素潜りの名人と言われた漁師よりも、一息で捕らえる魚の量は彼の方がはるかに多かったという。

筑後川中流の川底の地形や植物相、動物相を何キロにもわたって覚えた。流れる水の様子を感じ分け、魚の居所や鯉の巣のありかも知り尽くした。

寒中、数尋《ひろ》の深みまで潜ったまあしゃんは、心を鎮めて、静かに淵の奥に佇む鯉の群れに近づく。そして、まるで落ちている物を拾うかのごとく、一尾一尾、群れから抱き取っていくのである。寒鯉は、肌の温もりを慕うようにやわやわと寄り添ってきて、いったん抱き止められると、ぴったりと体を合わせて動かないのだという。

昭和二十二年、三十五歳のまあしゃんは筑後川上流の大分県まで遠征し、全長九五・四センチメートル、胴回り六五・一センチメートル、重さ一〇・七キログラムほどもある大鯉を仕留めた。驚いた大分県の漁師たちは、彼を県下の川から締めだしてしまった。〈まあしゃんの「遠征」は、まるで万能の通力を備えた一匹の大河童が悠々と筑後川を遡上していく様子を見るようではないか〉と、町誌は興奮気味に記述している。

その超絶した技量は、地元の川漁師組合をも震撼させ、鯉の需要の多かった戦時中の一時期、昼間の漁を禁じられたほどだった。

まあしゃんはまた、浮羽郡とその近辺では音に聞こえた宮相撲取りでもあった。生まれつきの大きくてしなやかな筋肉質の体軀に加え、米屋での労働が鍛えた足腰、そして、素潜りで培った深く長い息……。郡内では並ぶ者のない大関（横綱）を張った。それに、相撲が恵み与えたものは栄誉だけではなかったという。相撲好きの筑後では、宮相撲優勝の賞品は、十分に暮らしの足しになるほどの実質があったからだ。

魚と相撲と酒と女を愛し、自在で屈託がなく、後にも先にも憂えない。己の楽しみのためにのみ生き、愚かなほどに単純だが、余人の及ばぬ才覚と、狭くとも揺るぎない見識を持っている。

そんなまあしゃんの人物像に、田主丸の人々は河童を重ねあわせる。水神《すいじん》や憑き物としての河童ではなく、筑後の自然の中に生きる、単純で素朴な新しい河童像を……。侠客肌だった彼の人柄は、魚捕りの技量が進むにつれて柔らかくなり、質朴で人柄のよい人物として誰からも好かれるようになった。

芥川賞作家・火野葦平も、まあしゃんに魅了された一人である。親交を深める中で、彼をモデルに、鯉抱きの漁師を主人公とした小説、四編を書いた。まあしゃんの名はそうして世間に喧伝されていったという。私のふるさとの町は、田主丸町から五、六〇キロメートルほども離れている。だが、まあしゃんの勇名は、つとに大人たちの耳目に届いていたのだろう。

まあしゃんは常々言うそうだ。田主丸で自分ほど楽をして生きてきた者はいない、と。しかし、己の無上の楽しみであり、生き甲斐である魚捕りを決して手放さず、心のままに生きる「楽しい人生」を自ら選び取ったまあしゃんを、人々は心から敬愛し、羨むという——。


町誌を読み終えて、私はほーっと深い息を吐いた。好きな鯉だけを夢見て、楽生を生きたまあしゃんの物語は御伽噺に思えた。

憂えず、囚われず、「今」をのみ生きる——。人生の達人とも呼びたいまあしゃんの生き方に触れて、私の気持はわずかに変化した。

まだ現実をすべて受け入れることはできなかったが、失ったものを追いかけていてもしかたがない、と思うようになった。この先、病状が悪化する場合もありえようが、不安を先取りして思い煩うのはやめよう、とも思った。その時が来たら考えればいい。

そして、今を少しでも心楽しく生きるため、エッセイ教室に通い始めた。ワープロを使って思いを綴ることは、なんとかできそうな気がした。こうして病と道連れの人生を、これもまた私の人生、と自分に言い聞かせつつ、とぼとぼと歩きだしたのだった。
それから一年半後のことである。同じ朝日新聞紙上に、再びまあしゃんの名を見つけた。今度は夕刊の「惜別」というコーナーに……。記事は、八十五歳での老衰による死去、と報じていた。
添えられた写真は、水中から浮上したまあしゃんが、生け捕りにした鯉を舟に放り投げた、まさにその瞬間を捉えたものだった。一眼の水中眼鏡を付け、大きく両手を広げたまあしゃん。跳ねあがる鯉。画面一杯に飛び散る水しぶき……。鯉捕り名人、そして、河童のまあしゃんの勇姿を、余すところなく伝えていた。


**引用・参考文献**

田主丸町誌編集委員会編『田主丸町誌　第一巻　川の記憶』、田主丸町、一九九六年。

**参考文献**

火野葦平「鯉」『日本の文学51　尾崎士郎・火野葦平』所収、中央公論社、一九六八年。

火野葦平『百年の鯉』、筑摩書房、一九五八年。

## ◆庭の情景

鰯雲を浮かべて、どこまでも空が高い。こころなし衰えた陽ざしは、もはや夏のそれではない。なにより爽やかな涼気が、暑さに疲れた心身をほっとさせる。

九月に入って、季節はいちだんと秋色を帯びてきた。今年は猛暑日も少なく、わりあい凌ぎやすい夏であったが、それでも暑さに弱い私には待たれる秋の訪れであった。秋を待つ理由はもう一つある。庭の藪枯らしとの悩ましい闘いに、しばし休止符が打たれるからだ。

敷地の南側に六十センチくらい土を盛って、築山ふうに造った三坪ほどの庭は、三年前に購入した家に付いていた。前の持ち主である老夫婦は、草取りなどが難しくなって家を手放したと聞いたが、持病を抱える私と次女だけのわが家にも庭が重荷になることは目に見えていた。

枝は伸び放題の植木、敷地を覆い尽くすように生い茂った雑草、そここに勝手に根付いたらしい潅木《かんぼく》……。家の下見に訪れて目にしたその荒れように、入居後を思って暗澹たる気持になった。

家のリフォームが終わって、引っ越してきたのは四月末のこと。荷物があらかた片付くと、さっそく庭の手入れにかかった。

まず人を頼んで草を取ってもらった。じつに三人がかりで半日を費やすほどの茂りようであった。築山の植木の根元には、蕪《かぶ》が何本もすくすくと育っていたそうだ。

幾分すっきりした植木たちを観察すると、七本のうち、槙《まき》、黄楊《つげ》、大紫躑躅《つつじ》を除いた四本までが病気や虫に冒されていた。木斛《もっこく》、百日紅《さるすべり》、海棠《かいどう》、梅——どれも葉や花の付きが悪く、生命華やぐ季節だというのに精彩がない。梅の根元にできた空洞には、蟻が忙しく出入りしているありさま……。

「南向きの、すごく日当たりのいい家よ」

夫を亡くした私を心配して、自分の住まいの近くにこの家を見つけてくれた長女は声をはずませたものだ。だが、あり余る陽ざしの恩恵を受けていたのは、どうやら雑草のようであった。

草取りがすんだ後、長女夫婦の手も借りて、すぐに建物の周囲に防草シートを敷き詰めた。このポリプロピレン製の黒いシートは、強靭なうえ、水は通しても日光はまったく通さないという優れものである。

草茫々の光景はもう見たくはないが、いつもいつも人を頼むわけにもいかない。除草剤に頼らない雑草退治のよい方法はないか、と思案していた時に偶然見つけた製品だった。ただ敷き終わってみると、いかにも趣がなく味気ない。玄関周りだけは、シートの上から青い小石を撒いてなんとか格好をつけた。

植木の剪定は、以前から出入りしていたという植木屋に頼むことにした。「隣（私の家のこと）の梅だけは、他の植木屋に任せたくないが、（住人が変わったので）しかたがない」。同じ人に頼んでいる隣家の奥さんに、そんな話をしていたと聞いたからだ。

「お世話になります」

やってきた植木屋さんは、齢は五十そこそこだろうか。丁寧な挨拶をした後、剪定鋏や電動バリカンのような道具を黙々と使い続けた。

剪定前はわからなかったが、梅の木は、少し屈曲した幹とそこから交互に伸びる枝ぶりの、よく絵画などに見る樹形をしていた。門柱の上にたなびくように枝を伸ばした槙の大木とともに、植木屋さんの自信作のようであった。しかし、庭木を観賞する趣味のない私は、むしろ蟻の棲家と化している梅の幹の空洞が心配なのだ。虫が巣食って黒くよじれてしまった葉を、わずかばかり付けてたたずむ木斛も哀れだった。

「木斛と一緒に、いっそ伐ってしまったほうがいいでしょうかねぇ」

おそるおそる持ちかけると、彼は言下に否定した。

「梅は、皮一枚でも生きてるからね」

だが、軒先まで幹が伸び、黄ばんだ葉と貧相な花房を付けた、明らかに病気と知れる百日紅はあっさり伐り倒してくれた。三坪の築山に、かなり生長した七本の樹木と根締めの皐月《さつき》躑躅が七本。密生が木々を弱らせる原因の一つではないかと思い、私が頼んだのである。

彼は、これだけの庭を新しく造るとしたら大変だよ、と言い残して帰っていった。

咲き乱れる皐月の紅の花に目を奪われていたころ、築山のあちこちに芽吹いた植物がある。鳥の足の形に似たぎざぎざの葉、巻きつく対象を物色するかのように、ゆらゆらと伸びる蔓の先の巻鬚……。まぎれもなく藪枯らしであった。家の下見にきた時、木斛の枝高く絡みついたまま枯れている蔓植物に嫌な予感がしたのだが、やはり藪をも枯らすという、あの厄介者だったのだ。

強くなった陽ざしと上昇する気温に勢いづいて、藪枯らしは築山のいたるところから姿を現し、恐ろしい速さで生長していく。よく見ると、西の隅に植わった大紫躑躅の根に混じって、その大本があるようだ。躑躅ともども移植されたのだろうか、そこから浅く深く、築山中に根を張り巡らせているに違いなかった。

やっとの思いで庭の体裁を整え終わった私たちを、まるで嘲笑うかのような厄介者の出現であった。情けなさに、泣きだしたい心境だった。

早く抜かなければ、と気持は焦るのだが、築山に上る脚力のない私には、土留めのための庭石から手を伸ばして、届く範囲のものを引き抜くのがせいぜい。土・日の休日を、ただだっ広い家の掃除や洗濯などに追われる娘に頼るしかなかった。草取りは二週間に一度くらいの頻度でよかったが、藪枯らしはそうはいかない。六月半ばに消毒にきた植木屋さんに訴えてみたが、返ってきたのはたった一言。

「……取るしかないね」

そんな折、用もなく『現代俳句歳時記』を手に取り、ぱらぱらとページをめくっていた私は驚きの発見をした。藪枯らしが秋の季語になっているのだ。貧乏蔓《かずら》とも呼ばれるらしい、風雅のかけらもないこの植物が季語に選ばれているとは……。憮然たる思いで読んでいくと、例句の中に、その季語に最もふさわしい名句とされた句があった。

老いの手の赦さじと引く藪枯し　　永井東門居

油断すれば、たちまち繁茂の構えを見せる藪枯らしである。生えさせてなるものかと、むきになって抜いている作者の姿が浮かんで、娘と私は大いに共感し、笑いあった。作者については不案内だったが、藪枯らしの憎らしさを絶妙に詠んで、くすっと笑わせるその句は、私たちの一服の疲労回復薬となった。

夏の盛り、けっして好んでではなかったが、娘はせっせと築山の草取りをし、藪枯らしを抜いた。雑草は種の落ちる前や根を張る前に取れば、生え難くなることを学んだようだ。藪枯らしの、一メートルほどもある牛蒡《ごぼう》のような根を引き抜いたこともある。私たちは、鉱脈でも掘り当てたかのように喜んだものだ。

私も庭に出た時など、大紫躑躅に混じって、ひらひらと翻る藪枯らしの葉を見つけようものなら、すぐさま枝の中に腕を差し入れる。そして、「赦さじ！」とばかりにその蔓を引っ張るのだ。先端の巻鬚は、今にも隣りあう木斛の枝を捕らえるところだった。

いつしか生えてくる雑草は激減し、藪枯らしも当初の勢いを失いつつあるように見えた。植木屋さんのそっけない一言は至言であったのだろう。あの時は肩すかしを食ったような気がしたものだが。

そんなことを繰り返した三年目の、今年の二月。思いがけず梅の木がたくさんの花を咲かせた。病んでいることは明白で、蕾《つぼみ》の付かない枝もあるにはあったが、眺めるにちょうどよい下の方の枝は花で真っ白になった。去年は、全体で四、五輪という淋しさだったのだが……。幹に棲みついた蟻は、蟻よけの薬剤を置いているうちに寄りつかなくなっていた。

かぐわしい香りを漂わせながらひそやかに咲く、清楚な五弁の花……。「気品」という言葉はこの花のためにあるとさえ感じられて、桜にばかり心を奪われてきた私は、梅の魅力に目覚める思いだった。その花を愛で、香りを堪能するために、寒い中を何度庭に下りたことだろう。

そして、四月。今度は木斛に驚かされることになった。去年までは、その木を透かして、道路を挟んだ向かいの家がよく見えたのだが、今年は見え難い気がする。茂りあった葉が視界を遮っていたせいだった。

枯死寸前の、どうしようもないお荷物とばかり思っていた木斛が、見事に息を吹き返したのである。あれよあれよという間に、なおも細い枝と葉は増え続けていく。引っ越してきたころ、この木は葉を観賞するものですよ、と教えてくれた人があったが、その言葉通り、四、五センチほどの楕円形をした、翡翠《ひすい》色の肉厚の葉はじつに美しい。

ひたすら雑草を取り、藪枯らしを抜き、気休めのように根元に腐葉土を埋めたりもした。なにが効を奏したのかはわからないが、二人合わせても半人前ほどの能力の、娘と私の努力に応えてくれたのか……と、涙がこぼれるほど嬉しかった。

いや思い返せば、いちばんの功労者は植木屋さんであろう。私が伐ってもらうべく相談した時、彼は力まかせに二、三回幹を押した。根の張りに問題がないことを確かめたのであろうが、なにも言わなかった。千年、二千年を生きる樹木もある。そんな植物の生命力を侮ってはならない——。短気に逸る私を、無言のうちに戒めたのかもしれない。枝いっぱいの葉は生命を謳うように、賑やかに春風にそよいでいるのだった。虫にやられた何枚かの葉の存在など、ものともせずに……。

九月下旬、庭に出て、築山が見渡せる位置に置いた椅子に腰を下ろす。しばらくは藪枯らしが姿を現すことはないと思うと、庭を眺める心も穏やかである。植木はそれぞれに、降りそそぐ秋の陽ざしをたっぷり身のうちに取り込んで、芽吹きの季節に備えているようだ。

それにしても……と平らかな気持で思う。庭木として愛される植物がある一方で、蛇《だ》蝎《かつ》の如く嫌われる藪枯らしのような植物もある。生える傍《そば》から引き抜かれる廻りあわせの藪枯らしに、一抹の哀れさを覚えなくもない。

残念なのは、常緑樹の多いこの庭はあまり秋の風情を楽しめないことだ。しかし、目を凝らすと、躑躅の傍らに植わった万両は、びっしりと青く堅い実を結んで冬の到来を待っている。梅の木が葉を落とし始めるのも、もうまもなくであろう。

## ◆嗚呼《ああ》　さつま芋

太平洋戦争末期の昭和十九年に生まれた私には、さつま芋は単なる郷愁の食べ物というだけではない、命の恩人の感がある。

戦後の厳しい食糧難の時期に命を繋いでくれたさつま芋。それに栄養不良気味だった体（通信簿に、児童の栄養状態の良否を通知する欄があったように思う）を強く作ってくれた、学校給食の脱脂粉乳。私が今この世に在るのはこれらの食品の恵みであり、戦火の中を、命がけで育ててくれた親のおかげであるとの思いがある。後者の方は私の世代に共通した感懐であろう。

私たち一家が住んでいた福岡市でも空襲が激しくなり、母や叔母の腕に抱かれて防空壕に入る毎日だったという赤ん坊のころ。当時の写真など一枚もなく、いちばん古いのは三歳のときのものである。モノクロ写真には、見るからにひ弱そうで栄養不足という感じの、どんよりとした表情の子供が写っている。

アルバムを開くたび、私はその子に同情せずにはいられなかった。「一、二歳のころ、

（動物性蛋白質の不足で）あんたの筋肉は豆腐のようでねぇ。ちょっと突つくと崩れそうだった」。母から聞いたそんな話が思いだされたのである。

母は、亡くなる二年前の九十三歳の夏であったか、「悲しい夢を見た」と泣きながら電話をしてきたことがあった。前の年の正月に、風邪をこじらせて十日間ほど寝込んだのがもとで、心臓が弱り、軽い認知症の症状も出ていた。わざわざ兄嫁に頼んでかけてもらったという母からの、最後になった電話であった。

「悲しい夢」は戦争中の記憶が甦ったものだった。母自身が栄養失調だったために母乳が足りず、私と二歳上の兄に十分に飲ませてやれなかった。とりわけ元気のよかった兄は、空腹を訴えて毎晩激しく夜泣きをし、不憫でならなかった……つらい記憶。そして、私の声を聞いて安心したかったのだ、とも言った。

わが子にひもじい思いをさせたという心の痛みは、六十年近くたってもまだ母親を苛むものであろうか。過去のことはおおかた忘れているはずの脳裏に甦って……。いまさらのように、戦時下で子育てをした親の痛苦が偲ばれて、込みあげてくるものがあったのだが、母に細かい感情や思いを伝えるのはもう難しかった。それに照れもあった。

「兄さんもわたしも、叩いても死なないような体に育ったんだから、そんなに泣かなくてもいいじゃない。ひもじかったことなんて、憶えてはいないんだし」

私はぶっきらぼうな言葉で、童女のようになった母をなだめたのだった。

農家でなかったわが家では、食糧不足の戦後、母は家族を飢えから守るために慣れない苦労をしたようだ。終戦の直前まで小学校の教師をしていたのだが、鍬に持ち替えて懸命に土を耕した。父の実家から借りた山の畑に、素人でも収穫できるさつま芋を植え、近所の空き地でとうもろこしやかぼちゃを作った。昼食は主にさつま芋という生活が、戦後四、五年は続いただろうか。

さつま芋にまつわる忘れられない出来事がある。

私が小学生になったころには、さすがに食事がさつま芋だけということはなかったが、その日曜日は父も母も朝から家を空けていた。母は、昼はさつま芋を蒸かすようにと、姉に言い置いて出かけたようだった。五年生の姉に支度できるのは、七輪の火を起こして芋を蒸かすくらいのことであった。

その日は姉のクラスメートの紀子さんが遊びにきていた。紀子さんは、土地持ちで、町で一軒だけの映画館を経営する裕福な家の娘さんだった。当然のように、白いごはんの詰まった弁当を持参していた。さつま芋が蒸しあがって、紀子さんと姉や兄、それに私と二歳の妹が食卓についたときであった。紀子さんがさっと自分の弁当を妹の前に置いた。

「お弁当は、まりちゃんに食べてもらおうね」

そして、自分は蒸かし芋の鉢に手を延ばして、何事もなかったようにそれを食べ始めた。私は紀子さんの振舞いに目を見張りながら、さつま芋がなんとも恥ずかしく、情けなくなった。嬉々として、卵焼きなどをぱくついている妹の無邪気さが羨ましかった。私は、いろいろな暮らし向きの家があるという社会の現実を、少しは理解する年頃になっていたということだろう。セピア色に褪せた、それでいて鮮明な遠い日の一コマ。あのときの紀子さんの優しさとけなげさに、私は今でも胸が熱くなる。

嬉しいことに、千葉県は鹿児島、茨城に次ぐ生産量を誇る、さつま芋王国であるという。じつは私はさつま芋大好き人間である。北総台地の豊かな土に育まれた「ベニアズマ」は、紅紫色のきれいな肌と曲がりのない形、それに栗のような口どけのよさと上品な甘みがある。昔の子供たちがベニアズマを食べたなら、お菓子だと思うかもしれない。あのころのさつま芋は甘みが薄いうえに、ほんとうに筋っぽかったのだから……。

さつま芋は、亡夫とのちょっとした諍いの種にもなった。私より三歳年長の夫もまた、さつま芋世代である。

「子供のときに、さんざん食べさせられたからなぁ」

と、蒸かし芋に手を出そうとしない夫に、私は決まって持論を展開する。

「そんなことを言うとバチが当たるわよ。さつま芋は私たちの命の恩人なんだから」

夫は苦笑いしながら、お義理のように口にしたものだった。それでも目先を変えて芋ごはんなどにすると、喜んでお代わりをしていた。

近頃は一年中美味しい芋が出回っているが、私はやはり旬の時期に食べるのが好きだ。秋風が立ち、辺りがひっそりとして、なんとなく人恋しい季節に食べるさつま芋は、思い出の中の懐かしい人たちを連れてくる。

# ◆昭和の町

福岡で行われる母の一周忌法要に出席した後、せっかくの機会だから九州を旅行しよう――。夫とそんな話になった。ただ八月の暑い盛りのことであるし、私の持病の心配もある。二泊の予定で旅の計画を立てることにした。

夫は学生時分に何度か登った、大分県の由布岳《ゆふ》が見たいという。登山が苦手な私も麓の高原に遊んだことがあって、異存はなかった。由布岳の、豊後富士とも呼ばれる秀麗な姿を思い浮かべただけで旅心が募るのだった。

法事の終わった翌朝、小倉から日豊本線で別府へ、そこからバスで由布山麓の城島《きじま》高原に行き、宿泊することに決まった。しかし、ホテルに直行するのでは時間を持て余してしまいそうだ。

「途中下車して、豊後高田《ぶんごたかだ》市の『昭和の町』に寄ってみない？」

私の提案に夫も乗ってきた。

昭和の町のことは数日前に知ったばかりであった。つけっ放しのテレビから流れていた番組の、終わりの部分を観たにすぎないのだが……。昭和三十年代の商店街の町並みを、そのまま活かして町興しをした、その成功例として取りあげられていた。

昭和が幕を下ろして十五年、夫は二年前に定年退職していた。二人とも、昭和という時代を振り返ってみたい心境だったのかもしれない。

国東《くにさき》半島の西部に位置する豊後高田市は、半島西部の政治・経済・文化の中心地であり、交通の要地でもある。昭和の町として再生された商店街も、昭和三十年代には半島中から買物客が訪れて賑わったという。

最寄り駅の宇佐《うさ》駅からタクシーに乗った。宇佐駅は、全国八幡神社の総本宮として有名な宇佐神宮の玄関口である。それにしては、駅舎はこぢんまりとして鄙びた印象を受けた。

タクシーはよく手入れされた青田の中を走った。緑が目に染みるような美しい景色は、農家が何代にもわたって丹精を凝らし、作りだしたものだ。

「こちらは農業が盛んなようですね」

いつもの知りたがり癖が頭をもたげて、私は運転手さんに話しかけた。

「ええ。でも農業をやってるのは年寄りばかりですよ。若い人は皆、町を出ていってしまいます。過疎地なんですよ」

思いがけない返事に、私は返す言葉が見つからない。間の抜けたことを言ってしまったようで、ばつが悪くもあった。

「どこも同じですねぇ」

車内に漂うなんとはない気まずさを、夫が当たり障りのない会話で収めてくれた。

昭和の町には十分ほどで着いた。まずは、「昭和の暮らし」がテーマの資料館、昭和の夢町三丁目館へ。昭和十年ごろに建てられ、大分きっての財閥が所有した米蔵を改装したものだという。

館内には、昭和三十年代の民家の一室が再現されていた。手回しチャンネルの付いたブラウン管テレビ、徳利とお猪口《ちょこ》の載った小さなちゃぶ台、戸棚、手製のカバーが掛かった鏡台、足踏みミシン、壁に掛けられたカンカン帽や蝙蝠《こうもり》傘。そして、通りには紙芝居を積んだ自転車が……。

つつましやかではあるが、使い込まれた生活用具類は、一家の生活を支えた風格を感じさせた。自転車なども修理に修理を重ねて、いとおしむように使った当時が思いだされる。まだまだ貧しかったけれど、世の中全体が頑張ればもっと豊かになれるという、明るく、きらきらした予感に満ちていた。むろん環境破壊など、経済成長がもたらす弊害を知るよしもなく、だからこその明るさだったのかもしれないが。

資料館を出て、いよいよ昭和の町を歩く。その一つ、駅通りは、宇佐参宮鉄道の旧豊後高田駅（現在はバスターミナル）に続く通りである。鉄道は昭和四十年まで利用されたというが、通りの入り口に、「宇佐参宮タクシー」と書かれた事業所がそのまま残っていて、かつての駅前の賑わいを偲ばせた。

鮮魚店は、店頭に並んだ尾頭付きの魚を、客の目の前で捌く昔ながらの店構え。たばこ屋の、タイル貼りのショーケースを見たのはいつ以来だろう。履物店、氷店などは、身近に見かけなくなってからもう久しい。

「うわぁ、懐かしいねぇ！」

昭和三十年代に迷い込んだような商店街の趣に、私たちは少々はしゃいでいた。私は、これほどの規模ではなかったものの、郷里宇美町の、町一番の繁華街だった上宇美商店街の面影を見ていた。

駅通りとT字形に交わる新町商店街に入る。製菓店・森川豊国堂は、古めかしい店名に似つかわしく、ミルクセーキ、アイスキャンデー、カステラなどと書かれた色鮮やかな大看板が、レトロな雰囲気を醸しだしていた。もらったパンフレットには、建具は木製に、看板は木製やブリキ製にするなど、あえて大正八年創業当時のたたずまいに改修した、とあった。

斜向かい、ウエガキ薬局の一枚板の看板は、金文字での右書きである。昭和の町再生のコンセプトの一つに、店の歴史を物語る道具類を展示する、というのがある。この薬局では、薬の調合に使った古い天秤が、畳敷きの店先に飾られていた。

通りのスピーカーから、大音量で流れてくる「上を向いて歩こう」の歌が、いやがうえにも昭和情緒を盛りあげる。貸切バスで運ばれてきたらしい、七、八十代の人たちの一団で、たちまち通りが騒がしくなった。

私たちは千嶋茶舗の前で足を止めた。ガラス戸を開け放った店頭に、山積みにされた珍しいものを見つけたのだ。紙製の、口を細い紙縒《こより》で縛った筒状のお茶袋である。「玄米茶」と、黒い筆文字で印刷されている。昭和の商品を再生する、というコンセプトのもとに復刻されたようだ。

「そうそう！　以前はこんな包装だったわねぇ」

懐かしさのあまり手に取ると、煎り玄米の香ばしい匂いが鼻をくすぐる。一袋買っただけの私に、奥さんは恐縮するくらい丁重に礼を言い、店に伝わる逸話を話してくれた。創業は大正十一年とのこと。祖父である初代は、昭和の初めごろ、軽便鉄道（宇佐参宮鉄道）の貨車一台を借り切って、京都の宇治から茶葉を仕入れていた――。豪気な逸話は、この店だけでなく、昭和初期の商店街の勢いと繁栄ぶりを表してもいるのだろう。こうした人情味ある対面販売も、町再生のコンセプトの一つだという。

炎天下を歩き疲れて、お昼には少し早かったが、蕎麦屋で昼食をとることにした。冷たい麦茶で喉を潤していると、女将さんが「どちらからですか?」などと話しかけてくる。店主はあわてて蕎麦打ちの準備を始めた様子だったが、その間繋ぎのつもりなのだろう。

「(昭和の町は）お客さんが多くて、ずいぶん賑やかですね」

私の言葉に、女将さんはちょっと言いよどみながら答えた。

「ええ。でもその割には、地元にお金が落ちないんですよ」

テーマパーク――それも無料の――に来たような感覚でいたが、考えてみれば、昭和の町は、観光とは縁のない日常の生活用品や食料品を商う店がほとんどだ。観光客が、土産物にと考える商品はそうはないだろう。現に私も、三百円ほどの普段用のお茶を購入したにすぎない。私たちの後から来た年配の人たちの一団も、ほとんど素通り状態でバスの駐車場に戻っていったようだった。

〈かつての賑わいを取り戻した商店街――〉。テレビ報道はそんな論調だったが、そこからは伝わらなかった商店街の苦悩を垣間見た思いがした。観光地としての再生を図って、さまざまに工夫され、努力がなされたように見える昭和の町にも、なお課題が残されているのかもしれない。

宇佐駅に戻るタクシーの中で、私は押し黙ったまま窓の外を眺めた。行きがけのタクシーでの会話や蕎麦屋の女将さんの話が、ずっと心に引っかかっていた。

昭和の町のような、地元密着型の商店街が真に蘇るのは、地域の人々が足を運んでこそではあるまいか。だが、そこには過疎化の問題が横たわる。憶測の域を出ないが、もともと商店街が振るわなくなった大きな要因は、町の過疎化にあるのだろう。人々の営みや心情を翻弄してやまない時の流れの非情さが、つくづく思われた。

昼下がりの宇佐駅のホームは、制服姿の高校生でいっぱいだった。皆、楽しげに仲間同士のお喋りに余念がなかった。この子たちも、いずれはここを離れてしまうのかしら、などと物思いに耽っていた時、ふいに背後から夫の声がした。

「なんか寂しいね」

驚いて振り返った先には、線路の傍にぽつんと建つ、錆び果てたトタン造りの建物。微妙に錆び具合の異なるペンキの跡で、どうにか「選果場」と読めた。かつてその中に響いていただろう、忙しなくベルトコンベアーのモーターの唸る音、選果や箱詰めの作業にいそしむ人たちのさざめき……。

夏草の茂る線路脇に、打ち棄てられ、朽ちゆく選果場のたたずむ光景は確かに寂しく、時代の移ろいを身に沁みて感じさせた。私たちは、そこに活気の溢れた日々を惜しむように、黙って廃屋を見つめた。

この旅のちょうど二年後、夫は病を得て他界した。日頃から口数が少なく、自分の気持を表現することなどめったになかっただけに、「なんか寂しいね」の一言には驚かされたものだ。あの時、心にはどんな風景が宿っていたのか。寂しさの意味を深く問うておけばよかったと、いまさらのように思う。夫は「旅の感傷さ」とばかりに、照れ笑いですませたかもしれないが……。

# あとがき

リウマチを発病したのは、五十一歳の春のことです。私は思いもよらなかった身の上の変化に打ちのめされながら、どこかでそれを冷静に見つめていました。これが生きるということなのか……と。人生の儘ならなさ、厳しさを噛みしめたものです。そんなときに出会ったのがエッセイでした。

それから十数年、もう遠出ができなくなり、取材行も難しくなりました。けれども、心の中に過去の体験を再現させ、想像力の翼を羽ばたかせることは可能です。そのとき、魂は時を超えて自在に野を駆け、陽光の降りそそぐ海辺に遊び、そして、懐かしい人々と交感します。

それなりの苦労もあった年月でしたが、時間のフィルターを通して見えてくるのは、折々の美しく、優しい風景ばかりです。そんな心のたたずまいも、老いからの贈り物と受けとめて、その一つひとつをエッセイにしました。

忘れがたく心に留まる思い出は、感動的な体験であったればこそ。自分にとって、意味のある出来事だったのだと気づかされます。

このたびのエッセイ集には、夫を亡くした後の四年間に書きためた作品を収めました。ご指導いただいた先生、励まし続けてくださった文章教室の友人たち、そして、家族。多くの方のお支えでこの一冊ができました。心より感謝いたします。

また、お世話になりました創英社／三省堂書店の皆様にもお礼を申し上げます。

平成二十三年三月

高柳和子

**著者略歴**

高柳　和子（たかやなぎ かずこ）

1944年，福岡県福岡市生まれ
福岡女子大学文学部卒業
国立歴史民俗博物館研究補助員を経て㈶千葉県史料研究財団
勤務（1996年まで）
千葉県柏市在住
1999年，風花随筆文学賞受賞，他

**著　書**

『エッセイ集　泰山木の木』（新風舎）
『昭和前期・千葉県の女子社会教育』（㈶日本女子社会教育会）
『食と人生―81の物語り』共著（㈶味の素食の文化センター）
『あいの土山　エッセイ集33』共著（文芸社）

風　青し（エッセイ集）

2011年７月24日　初版発行

著者
高柳　和子

発行・発売
創英社／三省堂書店

〒101-0051　東京都千代田区神田神保町1-1
Tel：03-3291-2295　Fax：03-3292-7687

制作／（株）新後閑

印刷／製本　（株）新後閑


ISBN978-4-88142-519-0 C0095